没有比脚更长的路

MEIYOU BI JIAO
GENG CHANG DE
LU

丰子恺 等
著

—

密斯於
主编

长江出版传媒｜崇文书局

图书在版编目（ＣＩＰ）数据

没有比脚更长的路 / 丰子恺等著；密斯於主编 . --
武汉：崇文书局，2023.11
（经典名篇里的写作课）
ISBN 978-7-5403-7316-0

Ⅰ．①没… Ⅱ．①丰… ②密… Ⅲ．①散文集－中国
－现代②散文集－中国－当代 Ⅳ．① I266

中国国家版本馆 CIP 数据核字（2023）第 186323 号

责任编辑　王圆缘
责任印制　冯立慧
责任校对　董　颖

没有比脚更长的路
Meiyou bi Jiao geng Chang de Lu

出版发行　长江出版传媒｜崇文书局
地　　址　武汉市雄楚大街 268 号 C 座 11 层
电　　话　(027)87677133　邮政编码　430070
印　　刷　武汉新鸿业印务有限公司
开　　本　640mm×900mm　　1/16
印　　张　13.75
字　　数　127 千
版　　次　2023 年 11 月第 1 版
印　　次　2023 年 11 月第 1 次印刷
定　　价　42.80 元
（如发现印装质量问题，影响阅读，由本社负责调换）

像作者一样读书，像大师那样写作

　　作为深耕阅读写作教育多年的老师，在各类讲座中，我最常被家长们问到的一个问题是："为什么我们家孩子读了很多书，却还是不会写作？"众所周知，阅读与写作是一对输入与输出的关系，然而，这种输入和输出并不是线性的，**不是书读得多，作文就一定写得好**。要想解决这个问题，我们就有必要深入探讨阅读与写作的关系，谈谈如何提升阅读品质，以及如何将阅读的输入成功转化为写作上的输出。

　　杜甫有句耳熟能详的名言，叫"读书破万卷，下笔如有神"。这句话对吗？对，也不对。放在杜甫生活的年代，大家捧读四书五经，胸罗万卷，所以能左右逢源而下笔有神。而且他们是读圣人之书，习圣人之理，写出来的文章自然也脱离不了圣人的那些套路。但是，放在现今这个信息过载，甚至是信息爆炸的年代，对这句话我们就要好好思辨一番了。面对着卷帙浩繁又良莠不齐的书山书海，我们到底应该读什么，怎么读，才能达到下笔如有神的境界呢？

在西方写作教育学中，有一个堪称基石的方法论 ——"**像作者一样读书**"（Read Like a Writer）。如果孩子书读得不少，作文却不见长进，这正是解决这个问题的关键。像作者一样读书，对于我们大多数人来说，尚是个新鲜的概念。与之对应的，像读者一样读书，对于我们每位读者来说，则是自然不过的事情。我们在阅读课上引导大家边阅读边思考，讲授各种阅读策略，目的都是帮助大家更好地理解文本的内容。而像作者一样读书，则是从学习写作技巧的角度出发，我们的阅读方式就完全不同了，关注的不再是文本内容，而是文本的写作方法和表现形式，从文本的作者那里学习借鉴，并应用到自己的写作中去。荣获诺贝尔文学奖的美国作家威廉·福克纳也反复强调了从阅读中学习写作方法的重要性。他建议广大写作者，"阅读，阅读，阅读，并琢磨它们是怎么写的，就像是一个木匠去当学徒工，并向师傅学习"。像读者一样读书还是像作者一样读书，阅读的方式不同，获益自然也就大相径庭了。

以提升写作为目的的阅读，国内常规的认知是让学生摘抄好词好句。所谓好词好句，一般是指文字华美、修辞精巧和寓意深刻的词句。这些词句用得好，当然可以为作文加分，用得不当，则适得其反。古人讲"修辞立其诚"，写好作文，光有好词好句不行，还要讲究真情实感。鲁迅先生关于作文秘诀有四句箴言："有真意，去粉饰，少做作，勿卖弄。"著名教育家叶圣陶先生主张，"直抒情感，了无隔阂；朴实说理，不生谬误"，说的也是这个道理。要做到这一点，光靠好词好句不行，还要有清晰的思维和精准的表达。倘若我们只满足于在阅读中摘抄好词好句，获得的只能是语言层面和知识层面的累积，然而仅凭这两点，远不足以支撑起写作的输出。

写作输出的关键在于写作思维和写作意识。例如，我们要有文体意识，不同文体的写作方法不同：叙述性写作是讲故事，要有时间、地点、人物，有起因、发展、高潮、结局；描述性写作则是用文字来描绘出画面，要通过看到、听到、尝到、闻到、摸到等感官细节让读者身临其境，感同身受。我们要有主题意识，要通过文章来表达观点。我们要有读者意识，要明确谁是我们的读者，我们这样写，读者能不能理解，会不会喜欢。我们要有剪裁意识，能根据主题对写作材料进行取舍。我们要有布局意识，要明白怎样写才能使文章结构清楚，条理分明，重点突出，详略得当。我们要有审美意识，懂得怎样写才能让文章更具美感，更有可读性……而这些，都需要像作者一样读书，去分析拆解作者的写作运思与行文技巧，去感受领悟作者的铺排用意与精妙匠心。

为了满足学生们渴望通过阅读提升写作的诉求，针对读什么和怎么读的疑问，我们编撰了这套《经典名篇里的写作课》经典文丛，精选出四十余位百年华语文坛大师的百篇传世佳作，以此为蓝本，从选材立意、谋篇布局、提炼细节、斟酌词句四个维度进行拆析讲解，并且录制了十六节视频微课，深度引领大家像作者一样读书，像大师那样写作，源源不断地从阅读中获取深厚的写作滋养。

我在课上等你，让我们在大师的笔下相聚。

《经典名篇里的写作课》丛书主编　密斯於

缪斯读写系列课程主讲人

缪斯学院院长

中国写作学会作家

加拿大约克大学传播与文化硕士

目录

一切景语皆情语

像作者一样读书，我还喜欢让学生进行比较阅读，**将相同题材的两篇作品放在一起对比，研究其选材、立意、表达方式等方面的异同**，并探寻其背后的写作逻辑，这可是左右采获、大有裨益的写作学习方式。

如果你对老舍先生的《北平的秋天》和郁达夫先生的《故都的秋》进行比较阅读，会发掘出颇多的趣味来。这两位作者都是以极细腻、极真挚的笔触来抒发自己对于北平秋天的爱，但他们对于北平秋天的感受却是大相径庭的。老舍先生是直抒胸臆，爱得浓烈："北平之秋就是人间的天堂，也许比天堂更繁荣一点儿呢！"而郁达夫先生则是一腔悲秋的愁绪："北国的秋，却特别地来得清，来得静，来得悲凉。"

即便同是着墨于北平典型的秋高气爽，在老舍先生笔下"天是那么高，那么蓝，那么亮，好像是含着笑告诉北平的人们：在这些天里，大自然是不会给你们什么威胁与损害的"。这"天堂"的气候是多么的宜人，多么的美好！在郁达夫先生这里呢，是"租人家一椽破屋来住着，早晨起来，泡一碗浓茶，向院子一坐，你也能看得到很高很高的碧绿的天色，听得到青天下驯鸽的飞声"。你看，破屋独坐，就是这么"清"，这么"静"，和"繁荣"没有半点儿干系，让人不禁狐疑，这两位作者写的可是同一个北平？

为什么会这样呢？

王国维先生说过，一切景语皆情语，也就是说，一切写景的文字其实都是在写情。因为优秀的作者在景物写作中会投射自己的情感，写景的目的是抒情感怀。当他观察、描摹景物时，一定会带有自己的主观感受。所以，同样的景物，因为写景的人不同，因为投射的情感不同，就会给景物赋予个性化的感情色彩。再美的景物，如果没有这样的感情色彩，只不过是苍白空洞的"躯壳"，无法达到感动读者的目的。

情感，是让读者产生共鸣的基础。所以在我们写景的时候，也要切记，将自己的思想感情融入写作中，笔下写景，却应当字字句句总关情。

——密斯於

故都的秋

—— 郁达夫

秋天，无论在什么地方的秋天，总是好的；可是啊，北国的秋，却特别地来得清，来得静，来得悲凉。我的不远千里，要从杭州赶上青岛，更要从青岛赶上北平来的理由，也不过想饱尝一尝这"秋"，这故都的秋味。

江南，秋当然也是有的；但草木凋得慢，空气来得润，天的颜色显得淡，并且又时常多雨而少风；一个人夹在苏州上海杭州，或厦门香港广州的市民中间，混混沌沌地过去，只能感到一点点儿清凉，秋的味，秋的色，秋的意境与姿态，总看不饱，尝不透，赏玩不到十足。秋并不是名花，也并不是美酒，那一种半开、半醉的状态，在领略秋的过程上，是不合适的。

不逢北国之秋，已将近十余年了。在南方每年到了秋天，总要想起陶然亭的芦花，钓鱼台的柳影，西山的虫唱，玉泉的夜月，潭柘寺的钟声。在北平即使不出门去吧，就是在皇城人海之中，租人家一椽破屋来住着，早晨起来，泡一碗浓茶，向院子一坐，你也能看得到很高很高的碧绿的天色，听得到青天下驯鸽的飞声。从槐树叶底，朝东细数着一丝一丝漏下来的日光，或在破壁腰中，静对着像喇叭似的牵牛花（朝荣）的蓝朵，自然而然地也能够感觉到十分的秋意。说到了牵牛花，我以为以蓝色或白色者为佳，紫黑色次之，淡红色最下。最好，还要在牵牛花底，教长着几根疏疏落落的尖细且长的秋草，使作陪衬。

北国的槐树，也是一种能使人联想起秋来的点缀。像花而又不是花的那一种落蕊，早晨起来，会铺得满地。脚踏上去，声音也没有，气味也没有，只能感出一点点儿极微细极柔软的触觉。扫街的在树影下一阵扫后，灰土上留下来的一条条扫帚的丝纹，看起来既觉得细腻，又觉得清闲，潜意识下并且还觉得有点儿落寞，古人所说的梧桐一叶而天下知秋的遥想，大约也就在这些深沉的地方。

秋蝉的衰弱的残声，更是北国的特产；因为北平处处全长着树，屋子又低，所以无论在什么地方，都听得见它们的啼唱。在南方是非要上郊外或山上去才听得到的。这嘶叫的秋蝉，在北方可和蟋蟀耗子一样，简直像是家家户户都养在家里的家虫。

还有秋雨哩，北方的秋雨，也似乎比南方的下得奇，下得有味，下得更像样。

在灰沉沉的天底下，忽而来一阵凉风，便息列索落地下起雨来了。一层雨过，云渐渐地卷向了西去，天又晴了，太阳又露出脸来了；着着很厚的青布单衣或夹袄的都市闲人，咬着烟管，在雨后的斜桥影里，上桥头树底下去一立，遇见熟人，便会用了缓慢悠闲的声调，微叹着互答着地说：

"唉，天可真凉了——"（这"了"字念得很高，拖得很长。）

"可不是么？一层秋雨一层凉啦！"

北方人念"阵"字，总老像是"层"字，平平仄仄起来，这念错的歧韵，倒来得正好。

北方的果树，到秋天，也是一种奇景。第一是枣子树；屋角，墙头，茅房边上，灶房门口，它都会一株株地长大起来。像橄榄又像鸽蛋似的这枣子颗儿，在小椭圆形的细叶中间，显出淡绿微黄的颜色的时候，正是秋的全盛时期；等枣树叶落，枣子红完，西北风就要起来了，北方便是尘沙灰土的世界，只有这枣子、柿子、葡萄，成熟到八九分的七八月之交，是北国的清秋的佳日，是一年之中最好也没有的 Golden Days。

有些批评家说，中国的文人学士，尤其是诗人，都带着很浓厚的颓废的色彩，所以中国的诗文里，颂赞秋的文字特别的多。但外国的诗人，又何尝不然？我虽则外国诗文念得不多，也不想开出账来，做一篇秋的诗歌散文钞，但你若去一翻英德法意等诗人的集子，或各国的诗文的 Anthology 来，总能够看到许多关于秋的歌颂和悲啼。各著名的大诗人的长篇田园诗或四季诗里，也总以关于秋的部分，写得最出色而最有味。足见有感觉的动物，有情趣的人类，对于秋，总是一样地能特别引起深沉、幽远、严厉、萧索的感触来的。不单是诗人，就是被关闭在牢狱里的囚犯，到了秋天，我想也一定会感到一种不能自已的深情；秋之于人，何尝有国别，更何尝有人种阶级的区别呢？不过在中国，文字里有一个"秋士"的成语，读本里又有着很普遍的欧阳子的《秋声》与苏东坡的《赤壁赋》等，就觉得中国的文人，与秋的关系特别深了。可是这秋的深味，尤其是中国的秋的深味，非要在北方，才感受得到的。

南国之秋，当然是也有它的特异的地方的，譬如廿四桥的明月，钱塘江的秋潮，普陀山的凉雾，荔枝湾的残荷，等等，可是色彩不浓，回味不永。比起北国的秋来，正像是黄酒之与白干，稀饭之与馍馍，鲈鱼之与大蟹，黄犬之与骆驼。

秋天，这北国的秋天，若留得住的话，我愿意把寿命的三分之二折去，换得一个三分之一的零头。

一九三四年八月，在北平

北平的秋天

——老 舍

中秋前后是北平最美丽的时候。天气正好不冷不热，昼夜的长短也划分得平匀。没有冬季从蒙古吹来的黄风，也没有伏天里挟着冰雹的暴雨。天是那么高，那么蓝，那么亮，好像是含着笑告诉北平的人们：在这些天里，大自然是不会给你们什么威胁与损害的。西山北山的蓝色都加深了一些，每天傍晚还披上各色的霞帔。

　　在太平年月，街上的高摊与地摊，和果店里，都陈列出只有北平人才能一一叫出名字来的水果。各种各样的葡萄，各种各样的梨，各种各样的苹果，已经叫人够看够闻够吃的了，偏偏又加上那些又好看好闻好吃的北平特有的葫芦形的大枣，清香甜脆的小白梨，像花红那样大的白海棠，还有只供闻香儿的海棠木瓜，与通体有金星的香槟子，再配上为拜月用的，贴着金纸条的枕形西瓜，与黄的红的鸡冠花，可就使人顾不得只去享口福，而是已经辨不清哪一种香味更好闻，哪一种颜色更好看，微微的有些醉意了！

那些水果，无论是在店里或摊子上，又都摆列得那么好看，果皮上的白霜一点儿也没蹭掉，而都被摆成放着香气的立体的图案画，使人感到那些果贩都是些艺术家，他们会使美的东西更美一些。况且，他们还会唱呢！他们精心地把摊子摆好，而后用清脆的嗓音唱出有腔调的"果赞"："唉——一毛钱儿来耶，你就挑一堆我的小白梨儿，皮儿又嫩，水儿又甜，没有一个虫眼儿，我的小嫩白梨儿耶！"歌声在香气中颤动，给苹果葡萄的静丽配上音乐，使人们的脚步放慢，听着看着嗅着北平之秋的美丽。

　　同时，良乡的肥大的栗子，裹着细沙与糖蜜在路旁唰啦唰啦地炒着，连锅下的柴烟也是香的。"大酒缸"门外，雪白的葱白正拌炒着肥嫩的羊肉；一碗酒，四两肉，有两三毛钱就可以混个醉饱。高粱红的河蟹，用席篓装着，沿街叫卖，而会享受的人们会到正阳楼去用小小的木槌，轻轻敲裂那毛茸茸的蟹脚。

　　同时，在街上的"香艳的"果摊中间，还有多少个兔儿爷摊子，一层层地摆起粉面彩身，身后插着旗伞的兔儿爷——有大有小，都一样的漂亮工细，有的骑着老虎，有的坐着莲花，有的肩着剃头挑儿，有的背着鲜红的小木柜；这雕塑的小品给千千万万的儿童心中种下美的种子。

同时，以花为粮的丰台开始一挑一挑地往城里运送叶齐苞大的秋菊，而公园中的花匠，与爱美的艺菊家也准备给他们费了半年多的苦心与劳力所养成的奇葩异种开"菊展"。北平的菊种之多，式样之奇，足以甲天下。

同时，像春花一般骄傲与俊美的青年学生，从清华园，从出产莲花白酒的海甸，从东南西北城，到北海去划船；荷花久已残败，可是荷叶还给小船上的男女身上染上一些清香。

同时，那文化过熟的北平人，从一入八月就准备给亲友们送节礼了。街上的铺店用各式的酒瓶，各种馅子的月饼，把自己打扮得像鲜艳的新娘子；就是那不卖礼品的铺户也要凑个热闹，挂起秋节大减价的绸条，迎接北平之秋。

北平之秋就是人间的天堂，也许比天堂更繁荣一点儿呢！

青蓉略记

——老　舍

今年八月初，陈家桥一带的土井已都干得滴水皆无。要水，须到小河沟里去"挖"。天既奇暑，又没水喝，不免有些着慌了。很想上缙云山去"避难"，可是据说山上也缺水。正在这样计无从出的时候，冯焕章先生来约同去灌县与青城。这真是福自天来了！

八月九日晨出发。同行者还有赖亚力与王冶秋二先生，都是老友，路上颇不寂寞。在来凤驿遇见一阵暴雨，把行李打湿了一点儿，临时买了一张席子遮在车上。打过尖，雨已晴，一路平安地到了内江。内江比二三年前热闹得多了，银行和饭馆都添增了许多家。傍晚，街上挤满了人和车。次晨七时又出发，在简阳吃午饭。下午四时便到了成都。天热，又因明晨即赴灌县，所以没有出去游玩，夜间下了一阵雨。

十一日早六时向灌县出发，车行甚缓，因为路上有许多小桥。路的两旁都有浅渠，流着清水；渠旁便是稻田；田埂上往往种着薏米，一穗穗地垂着绿珠。往西望，可以看见雪山。近处的山峰碧绿，远处的山峰雪白，在晨光下，绿的变为明翠，白的略带些玫瑰色，使人想一下子飞到那高远的地方去。还不到八时，便到了灌县。城不大，而处处是水，像一位身小而多乳的母亲，滋养着川西坝子的十好几县。住在任觉五先生的家中。孤零零的一所小洋房，两面都是雪浪激流的河，把房子围住，门前终日几乎没有一个行人，除了水声也没有别的声音。门外有些静静的稻田，稻子都有一人来高。远望便见到大面青城诸山，都是绿的。院中有一小盆兰花，时时放出香味。

青年团正在此举行夏令营，一共有千名以上的男女学生，所以街上特别地显着风光。学生和职员都穿汗衫短裤（女的穿短裙），赤脚着草鞋，背负大草帽，非常精神。张文白将军与易君左先生都来看我们，也都是"短打扮"，也就都显着年轻了好多。夏令营本部在公园内，新盖的礼堂，新修的游泳池；原有一块不小的空场，即作为运动和练习骑马的地方。女学生也练习马术，结队穿过街市的时候，使居民们都吐吐舌头。

灌县的水利是世界闻名的。在公园后面的一座大桥上，便可以看到滚滚的雪水从离堆流进来。在古代，山上的大量雪水流下来，非河身所能容纳，故时有水患。后来，李冰父子把小山硬凿开一块，水乃分流——离堆便在凿开的那个缝子的旁边。从此双江分灌，到处划渠，遂使川西平原的十四五县成为最富庶的区域——只要灌县的都江堰一放水，这十几县便都不下雨也有用不完的水了。城外小山上有二王庙，供养的便是李冰父子。在庙中高处可以看见都江堰的全景。在两江未分的地方，有驰名的竹索桥。距桥不远，设有鱼嘴，使流水分家，而后一江外行，一江入离堆，是为内外江。到冬天，在鱼嘴下设阻碍，把水截住，则内江干涸，可以淘滩。春来，撤去阻碍，又复成河。据说，每到春季开水的时候，有多少万人来看热闹。在二王庙的墙上，刻着古来治水的格言，如深淘滩，低作堰等。细细玩味这些格言，再看着江堰上那些实际的设施，便可以看出来，治水的诀窍只有一个字——"软"。水本力猛，遇阻则激而决溃，所以应低作堰，使之轻轻漫过，不致出险。水本急流而下，波涛汹涌，故中设鱼嘴，使分为二，以减其力；分而又分，江乃成渠，力量分散，就有益而无损了。作堰的东西只是用竹编的筐子，盛上大石卵。竹有弹性，而石卵是活动的，都可以用"四两拨千斤"的劲儿对付那惊涛骇浪。用分化与软化对付无情的急流，水便老实起来，乖乖地为人们灌田了。

竹索桥最有趣。两排木柱，柱上有四五道竹索子，形成一条窄胡同儿。下面再用竹索把木板编在一处，便成了一座悬空的，随风摇动的，大桥。我在桥上走了走，虽然桥身有点儿动摇，虽然木板没有编紧，还看得到下面的急流——看久了当然发晕——可是绝无危险，并不十分难走。

　　治水和修构竹索桥的方法，我想，不定是经过多少年代的试验与失败，而后才得到成功的。而所谓文明者，我想，也不过就是能用尽心智去解决切身的问题而已。假若不去下一番工夫，而任着水去泛滥，或任着某种自然势力兴灾作祸，则人类必始终是穴居野处，自生自灭，以致灭亡。看到都江堰的水利与竹索桥，我们知道我们的祖先确有不甘屈服而苦心焦虑地去克服困难的精神。可是，在今天，我们还时时听到看到各处不是闹旱便是闹水，甚至于一些蝗虫也能叫我们去吃树皮草根。可怜，也可耻呀！我们连切身的衣食问题都不去设法解决，还谈什么文明与文化呢？

　　灌县城不大，可是东西很多。在街上，随处可以看到各种的水果，都好看好吃。在此处，我看到最大的鸡卵与大蒜大豆。鸡蛋虽然已卖到一元二角一个，可是这一个实在比别处的大着一倍呀。雪山的大豆要比胡豆还大。雪白发光，看着便可爱！药材很多，在随便的一家小药店里，便可以看到雷震子，贝母，虫草，熊胆，麝香，和多少说不上名儿来的药物。看到这些东西，使人想到西边的山地与草原里去看一看。啊，要能到山中去割几脐麝香，打几匹大熊，够多威武而有趣呀！

物产虽多，此地的物价可也很高。只有吃茶便宜，城里五角一碗，城外三角，再远一点儿就卖二角了。青城山出茶，而遍地是水，故应如此。等我练好辟谷的工夫，我一定要搬到这一带来住，不吃什么，只喝两碗茶，或者每天只写二百字就够生活的了。

在灌县住了十天，才到青城山去。山在县城西南，约四十里。一路上，渠溪很多，有的浑黄，有的清碧：浑黄的大概是上流刚下了大雨。溪岸上往往有些野花，在树荫下幽闲地开着。山口外有长生观，今为荫堂中学校舍；秋后，黄碧野先生即在此教书。入了山，头一座庙是建福宫，没有什么可看的。由此拾阶而前，行五里，为天师洞——我们即住于此。由天师洞再往上走，约三四里，即到上清宫。天师洞、上清宫是山中两大寺院，都招待游客，食宿概有定价，且甚公道。

从我自己的一点点儿旅行经验中，我得到一个游山

玩水的诀窍："风景好的地方，虽无古迹，也值得来；风景不好的地方，纵有古迹，大可以不去。"古迹，十之八九，是会使人失望的。以上清宫和天师洞两大道院来说吧，它们都有些古迹，而一无足观。上清宫里有鸳鸯井，也不过是一井而有二口，一方一圆，一干一湿；看它不看，毫无关系。还有麻姑池，不过是一小方池浊水而已。天师洞里也有这类的东西，比如洗心池吧，不过是很小的一个水池；降魔石呢，原是由山崖裂开的一块石头，而硬说是被张天师用剑劈开的。假若没有这些古迹，这两座庙子的优美自然一点儿也不减少。上清宫在山头，可以东望平原，青碧千顷；山是青的，地也是青的，好像山上的滴翠慢慢流到人间去了的样子。在此，早晨可以看日出，晚间可以看圣灯；就是白天没有什么特景可观的时候，登高远眺，也足以使人心旷神怡。天师洞，与上清宫相反，是藏在山腰里，四面都被青山拥抱着，掩护着，我想把它叫作"抱翠洞"，也许比原名更好一些。

不过，不管庙宇如何，假若山林无可观，就没有多大意思，因为庙以庄严整齐为主，成不了什么很好的景致。青城之值得一游，正在乎山的本身也好；即使它无一古迹，无一大寺，它还是值得一看的名山。山的东面倾斜，所以长满了树木，这占了一个"青"字。山的西面，全是峭壁千丈，如城垣，这占了一个"城"字。山不厚，由"青"的这一头转到"城"的那一面，只须走几里路便够了。山也不算高，由脚至顶不过十里路。既不厚，又不高，按说就必平平无奇了。但是不然。它"青"，青得出奇，它不像深山老峪中那种老松凝碧的深绿，也不像北方山上的那种东一块西一块的绿，它的青色是包住了全山，没有露着山骨的地方；而且，这个笼罩全山的青色是竹叶，楠叶的嫩绿，是一种要滴落的，有些光泽的，要浮动的，淡绿。这个青色使人心中轻快，可是不敢高声呼唤，仿佛怕把那似滴未滴，欲动未动的青翠惊坏了似的。这个青色是使人吸到心中去的，而不是只看一眼，夸赞一声便完事的。当这个青色在你周围，你便觉出一种恬静，一种说不出，也无须说出的舒适。假若你非去形容一下不可呢，你自然地只会找到一个字——幽。所以，吴稚晖先生说："青城天下幽。"幽得太厉害了，便使人生畏；青城山却正好不太高，不太深，而恰恰不大不小的使人既不畏其旷，也不嫌它窄；它令人能体会到"悠然见南山"的那个"悠然"。

山中有报更鸟，每到晚间，即梆梆地呼叫，和柝声极相似。据道人说，此鸟不多，且永不出山。那天，寺中来了一队人，拿着好几支猎枪，我很为那几只会击柝的小鸟儿担心，这种鸟儿有个缺欠，即只能打三更——梆，梆梆——无论是傍晚还是深夜，它们老这么叫三下。假若能给它们一点儿训练，叫它们能从一更报到五更，有多么好玩呢！

白日游山，夜晚听报更鸟，"悠悠"地就过了十几天。寺中的桂花开始放香，我们恋恋不舍地离别了道人们。

返灌县城，只留一夜，即回成都。过郫县，我们去看了看望丛祠；没有什么好看的，地方可是很清幽，王法勤委员即葬于此。

成都的地方大，人又多，若把半个多月的旅记都抄写下来，未免太麻烦了。拣几项来随便谈谈吧。

（一）成都"文协"分会：自从川大迁开，成都"文协"分会因短少了不少会员，会务曾经有过一个时期不大旺炽。此次过蓉，分会全体会员举行茶会招待，到会的也还有四十多人，并不太少。会刊——《笔阵》——也由几小页扩充到好几十页的月刊，虽然月间经费不过才有百元钱。这样的努力，不能不令人钦佩！可惜，开会时没有见到李劼人先生，他上了乐山。《笔阵》所用的纸张，据说，是李先生设法给捐来的；大家都很感激他；有了纸，别的就容易办得多了。会上，也没见到圣陶先生，可是过了两天，在开明分店见到。他的精神很好，只是白发已满了头。他的少爷们，他告诉我，已写了许多篇小品文，预备出个集子，想找我作序，多么有趣的事啊！郭子杰先生，陶雄先生都约我吃饭，牧野先生陪着我游看各处，还有陈翔鹤，车瘦舟诸先生约我聚餐——当然不准我出钱——都在此致谢。瞿冰森先生和中央日报的同人约我吃真正成都味的酒席，更是感激不尽。

（二）看戏：吴先忧先生请我看了川剧，及贾瞎子的竹琴，德娃子的洋琴，这是此次过蓉最快意的事。成都的川剧比重庆的好得多，况且我们又看的是贾佩之，萧楷成，周慕莲，周企何几位名手，就更觉得出色了。不过，最使我满意的，倒还是贾瞎子的竹琴。乐器只有一鼓一板，腔调又是那么简单，可是他唱起来仿佛每一个字都有些魔力，他越收敛，听者越注意静听，及至他一放音，台下便没法不喝彩了。他的每一个字像一个轻打梨花的雨点儿，圆润轻柔；每一句是有声有色的一小单位；真是字字有力，句句含情。故事中有多少人，他要学多少人，忽而大嗓，忽而细嗓，而且不只变嗓，还要咬音吐字各尽其情；这真是点儿本领！希望再有上成

都去的机会。多听他几次!

（三）看书：在蓉，住在老友侯宝璋大夫家里。虽是大夫，他却极喜爱字画。有几块闲钱，他便去买破的字画；这样，慢慢地他已收集了不少四川先贤的手迹。这样，他也就与西玉龙街一带的古玩铺及旧书店都熟识了。他带我去游玩，总是到这些旧纸堆中来。成都比重庆有趣就在这里——有旧书摊儿可逛。买不买的且不去管，就是多摸一摸旧纸陈篇也是快事啊。真的，我什么也没买，书价太高。可是，饱了眼福也就不虚此行。一般地说，成都的日用品比重庆的便宜一点儿，因为成都的手工业相当发达，出品既多，同业的又多在同一条街上售货，价格当然稳定一些。鞋、袜、牙刷、纸张什么的，我看出来，都比重庆的相因着不少。旧书虽贵，大概也比重庆的便宜，假若能来往贩卖，也许是个赚钱的生意。不过，我既没发财的志愿，也就不便多此一举，虽然贩卖旧书之举也许是俗不伤雅的吧。

（四）归来：因下雨，过至中秋前一日才动身返渝。中秋日下午五时到陈家桥，天还阴着。夜间没有月光，马马虎虎地也就忘了过节。这样也好，省得看月思乡，又是一番难过!

北平

——郑振铎

你若是在春天到北平，第一个印象也许便会给你以十分的不愉快。你从前门东车站或西车站下了火车，出了站门，踏上了北平的灰黑的土地上时，一阵大风刮来，刮得你不能不向后倒退几步；那风卷起了一团的泥沙；你一不小心便会迷了双眼，怪难受的；而嘴里吹进了几粒细沙在牙齿间沙啦沙啦地作响。耳朵壳里，眼缝边，黑马褂或西服外套上，立刻便都积了一层黄灰色的沙垢。你到了家，或到了旅店，得仔细地洗涤了一顿，才会觉得清爽些。

　　"这鬼地方！那么大的风，那么多的灰尘！"你也许会很不高兴地诅咒地说。

　　风整天整夜地呼呼地在刮，火炉的铅皮烟囱，纸的窗户，都在乒乒乓乓地相碰着，也许会闹得你半夜睡不着。第二天清早，一睁开眼，呵，满窗的黄金色，你满心高兴，以为这是太阳光，你今天将可以得一个畅快的游览了。然而风声还在呼呼地怒吼着。擦擦眼，拥被坐在床上，你便要立刻懊丧起来。那黄澄澄的，错疑作太阳光的，却正是漫天漫地地吹刮着的黄沙！风声吼吼的还不曾歇气。你也许会懊悔来这一趟。

但到了下午，或到了第三天，风渐渐地平静起来。太阳光真实地黄亮亮地晒在墙头，晒进窗里。那份温暖和平的气息儿，立刻便会鼓动了你向外面跑跑的心思。鸟声细碎地在鸣叫着，大约是小麻雀儿的唧唧声居多。——碰巧，院子里有一株杏花或桃花，正含着苞，浓红色的一朵朵，将放未放。枣树的叶子正在努力地向外崛起。——北平的枣树是那么多，几乎家家天井里都有个一株两株的。柳树的柔枝儿已经是透露出嫩嫩的黄色来。只有硕大的榆树上，却还是乌黑的秃枝，一点儿什么春的消息都没有。

你开了房门，到院子里，深深地吸了一口气。啊，好新鲜的空气，仿佛在那里面便挟带着生命力似的。不由得不使你神清气爽。太阳光好不可爱。天上干干净净的没半朵浮云，俨然是"南方秋天"的样子。你得知道，北平当晴天的时候，永远的那一份儿"天高气爽"的晴明的劲儿，四季皆然，不独春日如此。

太阳光晒得你有点儿暖得发慌。"关不住了！"你准会在心底偷偷地叫着。

你便准得应了这自然之招呼而走到街上。

但你得留意，即使你是阔人，衣袋里有充足的金洋银洋，你也不应摆阔，坐汽车。被关在汽车的玻璃窗里，你便成了如同被蓄养在玻璃缸的金鱼似的无生气的生物了。你将一点儿也享受不到什么。汽车那么飞快地冲跑过去，仿佛是去赶什么重要的会议。可是你是来游玩，不是来赶会。汽车会把一切自然的美景都推到你的后面去。你不能吟味，你不能停留，你不能称心如意地欣赏。这正是猪八戒吃人参果的勾当。你不会蠢到如此的。

北平不接受那么摆阔的阔客。汽车客是永远不会见到北平的真面目的。北平是个"游览区"，天然地不欢迎"走车看花"——比走马看花还杀风景的勾当——的人物。

那么，你得坐"洋车"——但得注意：如果你是南人，叫一声黄包车，准保个个车夫都不理会你，那是一种侮辱，他们以为。（黄包，北音近于王八。）或酸溜溜地招呼道"人力车"，他们也不会明白的。如果叫道"胶皮"，他们便知道你是从天津来的，准得多抬些价。或索性洋气十足的，叫道"力克夏"，他们便也懂，但却只能以"毛"为单位地给车价了。

"洋车"是北平最主要的交通物。价廉而稳妥，不快不慢，恰到好处。但走到大街上，如果遇见一位漂亮的姑娘或一位洋人在前面车上，碰巧，你的车夫也是一位年轻力健的小伙子，他们赛起车来，那可有点儿危险。

干脆，走路，倒也不坏。近来北平的路政很好，除了冷街小巷，没有要人、洋人住的地方，还是"无风三尺土，有雨一街泥"之外，其余冲要之区，确可散步。

出了巷口，向皇城方面走，你便将渐入佳景的。黄金色的琉璃瓦在太阳光里发亮光，土红色的墙，怪有意思地围着那"特别区"。入了天安门内，你便立刻有应接不暇之感。如果你是聪明的，在这里，你必得跳下车来，散步地走着。那两支白石盘龙的华表，屹立在中间，恰好烘托着那一长排的白石栏杆和三座白石拱桥，表现出很调和的华贵而苍老的气象来，活像一位年老有德、饱历世故、火气全消的学士大夫，没有丝毫的火辣辣的暴发户的讨厌样儿。春冰方解，一池不浅不溢的春水，碧油油的可当一面镜子照。正中的一座拱桥的三个桥洞，映在水面，恰好是一个完全的圆形。

你过了桥，向北走。那厚厚的门洞也是怪可爱的（夏天是乘风凉最好的地方）。午门之前，杂草丛生，正如一位不加粉黛的村姑，自有一种风趣。那左右两排小屋，仿佛将要开出口来，告诉你以明清的若干次的政变，和若干大臣、大将雍雍锵锵地随驾而出入。这里也有两支白色的华表，颜色显得黄些，更觉得苍老而古雅。无论你向东走，或向西走——你可以暂时不必向北进端门，那是历史博物馆的入门处，要购票的。——你可以见到很可愉悦的景色。出了一道门，沿了灰色的宫墙根，向西北走，或向东北走，你便可以见到护城河里的水是那么绿得可爱。太庙或中山公园后面的柏树林是那么苍苍郁郁的，有如见到深山古墓。和你同道走着的，有许多走得比你还慢，还没有目的的人物；他们穿了大袖的过时的衣服，足上蹬着古式的鞋，手上托着一只鸟笼，或臂上栖着一只被长链锁住的鸟，懒懒散散地在那里走着。有时也可遇到带着一群小哈巴狗的人，有气势地在赶着路。但你如果到了东华门或西华门而折回去时，你将见他们也并不曾往前走，他们也和你一样地折了回去。他们是在这特殊幽静的水边溜达着的！溜达，是北平人生活的主要的一部分；他们可以在这同一的水边，城墙下，溜达整个半天，天天如此，年年如此，除了刮大风，下大雪，天气过于寒冷的时候。你将永远猜想不出，他们是怎样过活的。你也许在幻想着，他们必定是没落的公子王孙，也许你便因此凄怆地怀念着他们的过去的豪华和今日的沦落。

啪的一声响，惊得你一大跳，那是一个牧人，赶了一群羊走过，长长的牧鞭打在地上的声音。接着，一辆一九三四年式的汽车呜呜地飞驰而过。你的胡思乱想为之撕得粉碎。——但你得知道，你的凄怆的情感是落了空。那些臂鸟驱狗的人物，不一定是没落的王孙，他们多半是以驯养鸟狗为生活的商人们。

你再进了那座门，向南走，仍走到天安门内。这一次，你得继续地向南走。大石板地，没有车马的经过，前面的高大的城楼，作为你的目标。左右全都是高及人头的灌木林子。在这时候，黄色的迎春花正在盛开，一片的喧闹的春意。红刺梅也在含苞。晚开的花树，枝头也都有了绿色。在这灌木林子里，你也许可以徘徊个几小时。在红刺梅盛开的时候，连你的脸色和衣彩也都会映上红色的笑影。散步在那白色的阔而长的大石道，便是一种愉快。心胸阔大而无思虑。昨天的积闷，早已忘得一干二净。你将不再对北平有什么诅咒。你将开始发生留恋。

你向南走，直走到前门大街的边沿上，可望见东西交民巷口的木牌坊，可望见你下车来的东车站或西车站，还可望见屹立在前面的很宏伟的一座大牌楼。乱纷纷的人和车，马和货物；有最新式的汽车，也有最古老的大车，简直是最大的一个运输物的展览会。

你站了一会儿，觉得看腻了，两腿也有点儿发酸了，你便可以向前走了几步，极廉价地雇到一辆洋车，在中山公园口放下。

这公园是北平很特殊的一个中心。有过一个时期，当北海还不曾开放的时候，她是北平唯一的社交的集中点。在那里，你可以见到社会上各种各样的人物。——当然无产者是不在内，他们是被几分大洋的门票摈在园外的。你在那里坐了一会，立刻便可以招致了许多熟人。你不必家家拜访或邀致，他们自然会来。当海棠盛开时，牡丹，芍药盛开时，菊花盛开时的黄昏，那里是最热闹的上市的当儿。茶座全塞满了人，几乎没有一点儿空地。一桌人刚站起来，立刻便会有候补的挤了上去。老板在笑，伙计们也在笑。他们的收入是如春花似的繁多。直到菊花谢后，方才渐渐地冷落了下来。

你坐在茶座上，舒适地把身体堆放在藤椅里，太阳光满晒在身上，棉衣的背上，有些热起来。前后左右，都有人在走动，在高谈，在低语。坛上的牡丹花，一朵朵总有大碗粗细。说是赏花，其实，眼光也是东溜西溜的。有时，目无所瞩，心无所思的，可以懒懒地待在那里，整整地待个大半天。

一阵和风吹来，遍地白色的柳絮在团团地乱转，渐转成一个球形，被推到墙角。而漫天飞舞着的棉状的小块，常常扑到你面上，强塞进你的鼻孔。

如果你在清晨来这里，你将见到有几堆的人，老少肥瘦俱齐，在大树下空地上练习打太极拳。这运动常常邀引了患肺痨病者去参加，而因此更促短了他们的寿命。而这时，这公园里也便是肺痨病者们最活动的时候。瘦得骨立的中年人们，倚着杖，蹒跚地在走着——说是呼吸新鲜空气——走了几步，往往咳得伸不起腰来，有时，喀的一声，吐了一大块浓痰在地上。为了这，你也许再不敢到这园来。然而，一到了下午，这园里却仍是拥挤着人。谁也不曾想到天天清晨所演的那悲剧。

园后的大柏树林子，也够受糟蹋的。茶烟和瓜子壳，熏得碧绿的柏树叶子都有点儿显出枯黄色来，那林子的寿命，大约也不会很长久。

和中山公园的热闹相陪衬的是隔不几十步的太庙的冷落。不知为了什么，去太庙的人到底少。只有年轻的情人们，偶尔一对两对的避人到此密谈。也间有不喜追逐在热闹之后的人，在这清静点儿的地方散步。这里的柏树林，因为被关闭了数百年之后，而新被开放之故，还很顽健似的，巢在树上的"灰鹤"也还不曾搬家他去。

太庙所陈列的清代各帝的祭殿和寝宫，未见者将以为是如何的辉煌显赫，如何的富丽堂皇，其实，却不值一看。一色黄缎绣花的被褥衣垫，并没有什么足令人羡慕。每张供桌上所列的木雕的杯碗及烛盘等，还不如豪富人家的祖先堂的讲究。从前读一明人笔记，说，到明孝陵参观上供，见所供者不过冬瓜汤等极淡薄贱价的菜。这里在皇帝还在宫中时，祭供时，想也不过如此。是帝王和平民，不仅在坟墓里同为枯骨，即所馨享的也不过如此如此而已。

你在第二天可以到北城去游览一趟，那一边值得看的东西很不少。后门左近有国子监、钟楼及鼓楼。钟鼓楼每县都有之，但这里，却显得异常的宏伟。国子监，为从前最高的学府，那里边，藏有石鼓——但现在这著名的石鼓却已南迁了。由后门向西走，有什刹海；相传《红楼梦》所描写的大观园就在什刹海附近。这海是平民的夏天的娱乐场。海北，有规模极大的冰窖一区。海的面积，全都是稻田和荷花荡。（北平人的养荷花是一业，和种水稻一样。）夏天，荷花盛开时，确很可观。倚在会贤堂的楼栏上，望着骤雨打在荷盖上，那喷人的荷香和沙沙的细碎的响声，在别处是闻不到、听不到的。如果在芦席棚搭的茶座上听着，虽显得更亲切些，却往往棚顶漏水，而水点儿落在芦席上，那声音也怪难听的，有喧宾夺主之感。最佳的是夏已过去，枯荷满海，什刹海的闹市已经收场，那时，如果再到会贤堂楼上，倚栏听雨，便的确不含糊地有"留得残荷听雨声"之妙。不过，北平秋天少雨，这境界颇不易逢。

什刹海的对面，便是北海的后门。由这里进北海，向东走，经过澄心斋、松坡图书馆、仿膳、五龙亭，一直到极乐世界，没有一个地方不好。唯惜五龙亭等处，夏天人太闹。极乐世界已破坏得不堪，没有一尊佛像能保得不断胆折臂的。而北海之饶有古趣者，也只有这个地方。那个地方，游人是最少进去的。如果由后面向南走，你便可以走到北海董事会等处，那里也是开放的，有茶座，却极冷落。在五龙亭坐船，渡过海——冬天是坐了冰船滑过去——便是一个圆岛，四面皆水，以一桥和大门相通。岛的中央，高耸着白塔。依山势的高下，随意布置着假山、庙宇、游廊、小室，那曲折的工程很足供我们作半日游。

如果，在晴天，倚在漪澜堂前的白石栏杆上，静观着一泓平静无波的湖水，受着太阳光，闪闪地反射着金光出来，湖面上偶然泛着几只游艇，飞过几只鹭鸶，惊起一串的呷呷的野鸭，都足够使你留恋个若干时候。但冬天，那是最坏的时候了，这场面上将辟为冰场，红男绿女们在那里奔走驰驶，叫闹不堪。你如果已失去了少年的心，你如果爱清静，爱独游，爱默想，这场面上你最好是不必出现。

出了北海的前门，向西走，便是金鳌玉蝀桥。这座白石的大桥，隔断了中南海和北海。北海的白日，如画地映在水面上，而中南海的万善殿的全景，也很清晰地可看到。中南海本亦为公园，今则又成了"禁地"。只有东部的一个小地方，所谓万善殿的，是开放着。这殿很小，游人也极冷落，房室却布置得很好。龙王堂的一长排，都是新塑的泥像，很庸俗可厌。但你要是一位细心的人，你便可在一个殿旁的小室里，发现了倚在墙角无人顾问的两尊木雕的菩萨像。那形态面貌，无一处不美，确是辽金时代的遗物；然一尊则双臂俱折，一尊则腔部只剩了半边。谁还注意到它们呢？报纸上却在鼓吹着龙王堂的神像塑得有精神，为明代的遗物，却不知那是民国三四年间的新物！仍由中南海的后门走出，那斜对过便是北平图书馆，这绿琉璃瓦的新屋，建筑费在一百四十万以上，每年的购书费则不及此数之十二。旧书是并合了方家胡同京师图书馆及他处所藏的，新书则多以庚款购入。在中国可称是最大的图书馆。馆外的花园，邻于北海者，亦以白色栏杆围隔之；唯为廉价之水门汀所制成，非真正的白石也。

由北平图书馆再过金鳌玉蝀桥，向东走，则为故宫博物院。由神武门入院，处处觉得寥寂如古庙，一点儿生气都没有。想来，在还是"帝王家"的时代，虽聚居了几千宫女、太监们在内，而男旷女怨，也必是"戾气"冲天的。所藏古物，重要者都已南迁，游人们因之也寥落得多。

神武门的对门是景山。山上有五座亭，除当中最高的一亭外，多被破坏。东边的山脚，是崇祯自杀处。春天草绿时，远望景山，如铺了一层绿色的绣毡，异常的清嫩可爱。你如果站在最高处，向南望去，宫城全部，俱可收在眼底。而东交民巷使馆区的无线电台，东长安街的北京饭店，三条胡同的协和医院都因怪不调和而被你所注意。而其余的千家万户则全都隐藏在万绿丛中，看不见一瓦片、一屋顶，仿佛全城便是一片绿色的海。不到这里，你无论如何不会想象得到北平城内的树木是如何的繁密；大家小户，哪一家天井不有些绿色呢。你如站在北面望下时，则钟鼓楼及后门也全都耸然可见。

三大殿和古物陈列所总得耗费你一天的工夫。从西华门或从东华门入，均可。古物陈列所因为古物运走得太多，现在只开放武英殿，然仍有不少好东西。仅李公麟《击壤图》便足够消磨你半天。那人物，几乎没有一个没精神的，姿态各不相同，却不曾有一懈笔。

三大殿虽空无所有，却宏伟异常。在殿廊上，下望白石的"丹墀"，不能不令你想到那过去的充满了神秘气象的"朝廷"和叔孙通定下的"朝仪"的如何能够维持着常在的神秘的尊严性。你如果富于幻想，闭了眼，也许还可以如见那静穆而紧张的随班朝见的文武百官们的精灵的往来。这里有很舒适的茶座。坐在这里，望着一列一列的雕镂着云头的白石栏杆和雕刻得极细致的陛道，是那么样的富于富丽而明朗的美。

你还得费一两天的工夫去游南城。出了前门，便是商业区和会馆区。从前汉人是不许住在内城的，故这南城或外城，便成了很重要的繁盛区域。但现在是一天天地冷落了。却还有几个著名的名胜所在，足供你的流连、徘徊。西边有陶然亭，东边有夕照寺、拈花寺和万柳堂。从前都是文士们雅集之地，如今也都败坏不堪，成为工人们编麻索、织丝线之地。所谓万柳也都不存一株。只有陶然亭还齐整些。不过，你游过了内城的北海、太庙、中山公园，到了这些地方，除了感到"野趣"之外，也便全无所得的了。你或将为汉人们抱屈；在二十几年前，他们还都只能局促于此一隅。而内城的一切名胜之地，他们是全被摈斥在外的。别看清人诗集里所歌咏的是那么美好，他们是不得已而思其次的呢！

而现在，被摈斥于内城诸名胜之外的，还不依然是几十百万人么？

南城的娱乐场所，以天桥为中心。这个地方倒是平民的聚集之所；一切民间的玩意儿，一切廉价的旧货物，这里都有。

先农坛和天坛也是极宏伟的建筑。天坛的工程尤为浩大而艰巨。全是圆形的；一层层的白石栏杆，白石阶级，无数的参天的大柏树，包围着一座圆形的祭天的圣坛。坛殿的建筑，是圆的，四围的阶级和栏杆也都是圆的。这和三大殿的方整，恰好成一最有趣的对照。在这里，在大树林下徘徊着，你也便将勾引起难堪的怀古的情绪的。

这些，都只是游览的经历。你如果要在北平多住些时候，你便要更深刻地领略到北平的生活了。那生活是舒适、缓慢、吟味、享受，却绝对地不紧张。你见过一串的骆驼走过么？安稳、和平，一步步地随着一声声叮当叮当的大颈铃向前走；不匆忙，不停顿；那些大动物的眼里，表现的是那么和平而宽容、负重而忍辱的性情。这便是北平生活的象征。

和这些宏伟的建筑，舒适的生活相对照的，你不要忘记掉，还有地下的黑暗的生活呢。你如果有一个机会，走进一所"杂合院"里，你便可见到十几家老少男女挤在一小院落里住着的情形：孩子们在泥地上爬，妇女们是脸多菜色，终日含怒抱怨着，不时地，有咳嗽的声音从屋里透出。空气是恶劣极了；你如不是此中人，你便将不能作半日留。这些"杂合院"便是劳工、车夫们的居宅。有人说，北平生活舒服，第一件是房屋宽敞，院落深沉，多得阳光和空气。但那是中产以上的人物的话。百分之八九十以上的人口，是住着龌龊的"杂合院"里的，你得明白。

更有甚的，在北城和南城的僻巷里，听说，有好些人家，其生活的艰苦较住"杂合院"者为尤甚，常有一家数口合穿一条裤或一衣的。他们在地下挖了一个洞。有一人穿了衣裤出外了，家中裸体的几人便站在其中。洞里铺着稻草或破报纸，借以取暖。这是什么生活呢！

年年冬天，必定有许多无衣无食的人，冻死在道上。年年冬天，必定有好几个施粥厂开办起来。来就食的，都是些可怕的窘苦的人们。然也竟有因为无衣而不能到粥厂来就吃的！

"九渊之下，更有九渊。"北平的表面，虽是冷落破败下去，尚未减都市之繁华。而其里面，却想不到是那样的破烂、痛苦、黑暗。

终日徘徊于三海公园乃至天桥的，不是罪人是什么！而你，游览的过客，你见了这，将有动于中，而快快地逃脱出这古城呢，还是想到"我不入地狱谁入地狱"一类的话呢？

一九三四年十一月三日写

杭江之秋

——傅东华

从前谢灵运游山，"伐木取径……从者数百人"，以致被人疑为山贼。现在人在火车上看风景，虽不至像康乐公那样杀风景，但在那种主张策杖独步而将自己也装进去做山水人物的诗人们，总觉得这样的事情是有伤风雅的。

不过，我们如果暂时不谈风雅，那么觉得火车上看风景也有一种特别的风味。

风景本是静物，坐在火车上看就成变动的了。步行的风景游览家，无论怎样把自己当作一具摇头摄影器，他的视域能有多阔呢？又无论他怎样健步，无论视察点移得怎样多，他目前的景象总不过有限几套。若在火车上看，那风景就会移步换形，供给你一套连续不断的不同景象，使你在数小时之内就能获得数百里风景的轮廓。

"火车风景"（如果许我铸造一个名词的话）就是活

动的影片，就是一部以自然美做题材的小说，它是有情节的，有布局的——有开场，有Climax，也有大团圆的。

新辟的杭江铁路从去年春天通车到兰溪，我们的自然文坛就又新出版了一部这样的小说。批评家的赞美声早已传到我耳朵里，但我直到秋天才有工夫去读它。然而秋天是多么幸运的一个日子啊！我竟于无意之中得见杭江风景最美的表现。

"火车风景"是有个性的。平浦路上多黄沙，沪杭路上多殡屋。京沪路只北端稍觉雄健，其余部分也和沪杭路一样平凡。总之，这几条路给我们一个共同的印象——就是单调。它们都是差不多一个图案贯彻到底的。你在这段看是这样，换了一段看也仍是这样——一律是平畴，平畴之外就是地平线了。偶然也有一两块山替那平畴做背景，但都单调得多么寒碜啊！

秋是老的了，天又下着蒙蒙雨，正是读好书的时节。

从江边开行以后，我就一志凝神地准备着——准备着尽情赏鉴一番，准备着一幅幅的画图连续映照在两边玻璃窗上。

萧山站过去了，临浦站过去了，这样差不多一个多钟头，只偶然瞥见一两点儿遥远的山影，大部分还是沪杭路上那种紧接地平线的平畴，我便开始有点儿觉得失望。于是到了尖山站，你瞧，来了——山来了。

山来了，平畴突然被山吞下去了。我们夹进了山的行列，山做我们前面的仪仗了。那是重叠的山，"自然"号里加料特制的山。你绝不会感着单薄，你绝不会疑心制造时减料偷工。

有时你伸出手去差不多就可摸着山壁，但是大部分地方山的倾斜都极大。你虽在两面山脚的缝里走，离开山的本峰仍旧还很远，因而使你有相当的角度可以窥见山的全形。但是哪一块山肯把她的全形给你看呢？哪一块山都和她的同伴们或者并肩，或者交臂，或者搂抱，或者叠股。有的从她伙伴们的肩膀缝里露出半个罩着面幕的容颜，有的从她姊妹们的云鬟边透出一弯轻扫淡妆的眉黛。浓妆的居于前列，随着你行程的弯曲献媚呈妍；淡妆的躲在后边，目送你忍心奔驰而前，有若依依不舍的态度。

这样使我们左顾右盼地应接不暇了二三十分钟，这才又像日月食后恢复期间的状态，平畴慢慢地吐出来了。但是地平线终于不能恢复。那逐渐开展的平畴随处都有山影作镶绲；山影的浓淡就和平畴的阔狭成了反比例。有几处的平畴似乎是一望无际的，但仍有饱蘸着水的花青笔在它的边缘上轻轻一抹。

于是过了湄池，便又换了一幕。突然间，我们车上的光线失掉均衡了。突然间，有一道黑影闯入我们的右侧。急忙抬头看时，原来是一列重叠的山嶂从烟雾弥漫中慢慢地遮上前来。这一列山嶂和前段看见的那些对峙山峦又不同。她们是朦胧的，分不出她们的层叠，看不清她们的轮廓，上面和天空浑无界线，下面和平地不辨根基，只如大理石里隐约透露的青纹，究不知起自何方，也难辨迄于何处。

那时我们的左侧本是一片平旷，但不知怎么一转，山嶂忽然移到左侧来，平旷忽然搬到右侧去。如是者交互着搬动了数回，便又左右都有山嶂，只不如从前那么夹紧，而左右各有一段平畴做缓冲了。

这时最奇的景象，就是左右两侧山容明暗之不一。你向左看时，山的轮廓很暧昧；向右看时，却如几何图画一般的分明。你以为这当然是"秋雨隔田塍"的现象所致，但是走过几分钟之后，暧昧和分明的方向忽然互换了，而我们却是明明按直线走的。谁能解释这种神秘呢？

到直埠了。从此神秘剧就告结束，而浓艳的中古浪漫剧开幕了。幕开之后，就见两旁竖着不断的围屏，地上铺着一条广漠的厚毯。围屏是一律浓绿色的，地毯则由黄、红、绿三种彩色构成。黄的是未割的晚稻，红的是荞麦，绿的是菜蔬。可是谁管它什么是什么呢？我们目不暇接了。这三种彩色构成了平面几何的一切图形，织成了波斯毯、荷兰毯、纬成绸、云霞缎……以上一切人类所能想象的花样。且因我们自己如飞的奔驶，那三种基本色素就起了三色板的作用，在向后飞驰的过程中化成一切可能的彩色。浓艳极了，富丽极了！我们领略着文艺复兴期的荷兰的画图，我们身入了《天方夜谭》的苏丹的宫殿。

这样使我们的口味腻得化不开了一回，于是突然又变了。那是在过了诸暨牌头站之后。以前，山势虽然重叠，虽然复杂，但只能见其深，见其远，而未尝见其奇，见其险。以前，山容无论暧昧，无论分明，总都载着厚厚一层肉，至此，山才挺出岣嵝的瘦骨来。山势也渐兀突了，不像以前那样停匀了。有的额头上怒挺出铁色的巉岩，有的半腰里横撑出骇人的刀戟。我们从它旁边擦过去，头顶的悬崖威胁着要压碎我们。就是离开稍远的山岩，也像铁罗汉般踞坐着对我们怒视。如此，我们方离了肉感的奢华，便进入幽人的绝域。

但是调剂又来了。热一阵，冷一阵，闹一阵，静一阵，终于又到不热亦不冷，不闹亦不静的郑家坞了。山还是那么兀突，但是山头偶有几株苍翠欲滴的古松，将山骨完全遮没，狰狞之势也因而减杀。于是我们于刚劲肃杀中复得领略柔和的秀气。那样的秀，那样的翠，我生平只在宋人的古画里看见过。从前见古人画中用石绿，往往疑心自然界没有这种颜色，这番看见郑家坞的松，才相信古人着色并非杜撰。

而且水也出来了。一路来我们也曾见过许多水，但都不是构成风景的因素。过了郑家坞之后，才见有曲折澄莹的山涧山溪，随山势的纡回共同构成了旋律。杭江路的风景到郑家坞而后山水备。

于是我们转了一个弯，就要和杭江秋景最精彩的部分对面了——就要达到我们的 Climax 了。

苏溪——就是这个名字也像具有几分的魅惑，但已不属出产西施的诸暨境了。我们那个弯一转过来，眼前便见烧野火般的一阵红——满山满坞的红，满坑满谷的红。这不是枫叶的红，乃是柏子叶的红。柏子叶的隙中又有荞麦的连片红秆弥补着，于是一切都被一袭红锦制成的无缝天衣罩着了。

但若这幅红锦是四方形的，长方形的，菱形的，等边三角形的，不等边三角形的，圆形的，椭圆形的，或任何其他几何图形的，那就不算奇，也就不能这般有趣。因为既有定形，就有尽处，有尽处就单调了。即使你的活动的视角可使那幅红锦忽而方，忽而圆，忽而三角，忽而菱形，那也总不过那么几套，变尽也就尽了。不；这地方的奇不在这样地变，而在你觉得它变，却又不知它怎样变。这叫我怎么形容呢？总之，你站在这个地方，你是要对几何家的本身也发生怀疑的。你如果尝试说：在某一瞬间，我前面有一条路。左手有一座山，右手有一条水。不，不对；绝没有这样整齐。事实上，你前面是没有路的，最多也不过几码的路，就又被山挡住，然而你的火车仍可开过去，路自然出来了。你说山在左手，也许它实在在你的背后；你说水在右手，也许它实在在你的面前。因为一切几何学的图形都被打破了。你这一瞬间是在这样畸形的一个圈子里，过了一瞬间就换了一个圈子，仍旧是畸形的，却已完全不同了。这样，你的火车不知直线呢，或是曲线地走了数十分钟，你的意识里面始终不会抓住那些山、水、溪滩的部位，就只觉红，红，红，无间断的红，不成形的红，使得你离迷惝恍，连自己立脚的地点也要发生疑惑。

寻常，风景是由山、水两种要素构成的，平畴不是风景的因素。所以山水画者大都由水畔起山，山脚带水，断没有把一片平畴画入山水之间的。在这一带，有山，有水，有溪滩，却也有平畴，但都布置得那么错落，支配得那么调和，并不因有平畴而破坏了山水自然的结构，这就又是这最精彩部分的风景的一个特色。

此后将近义乌县城一带，自然的美就不得不让步给人类更平凡的需要了，山水退为田畴了，红叶也渐稀疏了。再下去就可以"自郐无讥"。不过，我们这部小说现在尚未完成，其余三分之一的回目不知究竟怎样，将来的大团圆只好听下回分解了。

真所谓"文章本天成，妙手偶得之"。自古造铁路的计划何曾有把风景作参考的呢？然而杭江路居然成了风景的杰作！

不过以上所记只是我个人一时得的印象。如果不是细雨蒙蒙，红叶遍山的时节，当然你所得的印象不会相同。你将来如果"查与事实不符"，千万莫怪我有心夸饰！

青 岛

——闻一多

海船快到胶州湾时，远远望见一点儿青，在万顷的巨涛中浮沉；在右边崂山无数柱奇挺的怪峰，会使你忽然想起多少神仙的故事。进湾，先看见小青岛，就是先前浮沉在巨浪中的青点儿，离它几里远就是山东半岛最东的半岛——青岛。簇新的、整齐的楼屋，一座座立在小小山坡上，笔直的柏油路伸展在两行梧桐树的中间，起伏在山冈上如一条蛇。谁信这个现成的海市蜃楼，一百年前还是个荒岛？

当春天，街市上和山野间密集的树叶，遮蔽着岛上所有的住屋，向着大海碧绿的波浪，岛上起伏的青梢也是一片海浪，浪下有似海底下神人所住的仙宫。但是在榆树丛荫，还埋着十多年前德国人坚伟的炮台，深长的甬道里你还可以看见那些地下室，那些被毁的大炮机和墙壁上血涂的手迹。——欧战时这儿剩有五百德国兵丁和日本争夺我们的小岛，德国人败了，日本的太阳旗曾经一时招展全市，但不久又归还了我们。在青岛，有的是一片绿林下的仙宫和海水泱泱的高歌，不许人想到地下还藏着十多间可怕的暗窟，如今全毁了。

堤岸上种植无数株梧桐，那儿可以坐憩，在晚上凭栏望见海湾里千万只帆船的桅杆，远近一盏盏明灭的红绿灯漂在浮标上，那是海上的星辰。沿海岸处有许多伸长的山脚，黄昏时潮水一卷一卷来，在沙滩上飞转，溅起白浪花，又退回去，不厌倦地呼啸。天空中海鸥逐向渔舟飞，有时间在海水中的大岩石上，听那巨浪撞击着岩石激起一两丈高的水花。那儿再有伸出海面的站桥，却站着望天上的云，海天的云彩永远是清澄无比的，夕阳快下山，西边浮起几道鲜丽耀眼的光，在别处你永远看不见的。

过清明节以后，从长期的海雾中带回了春色，公园里先是迎春花和连翘，成篱的雪柳，还有好像白亮灯的玉兰，软风一吹来就憩了。四月中旬，绮丽的日本樱花开得像天河，十里长的两行樱花，蜿蜒在山道上，你在树下走，一举首只见樱花绣成的云天。樱花落了，地下铺好一条花溪。接着海棠花又点亮了，还有踯躅在山坡下的"山踯躅"，丁香，红端木，天天在染织这一大张地毡；往山后深林里走去，每天你会寻见一条新路，每一条小路中不知是谁创制的天地。

到夏季来，青岛几乎是天堂了。双驾马车载人到汇泉浴场去，男的女的中国人和十方的异客，戴了阔边大帽，海边沙滩上，人像小鱼一般，暴露在日光下，怀抱中是熏人的咸风。沙滩边许多小小的木屋，屋外搭着伞篷，人全仰天躺在沙上，有的下海去游泳，踩水浪，孩子们光着身在海滨拾贝壳。街路上满是烂醉的外国水手，一路上胡唱。

　　但是等秋风吹起，满岛又回复了它的沉默，少有人行走，只在雾天里听见一种怪水牛的叫声，人说水牛躲在海角下，谁都不知道在哪儿。

甘孜印象

——陈应松

甘孜是康巴藏区的甘孜，甘孜是包括了蜀山之王、世上最难攀登的雪山贡嘎山和海螺沟冰川的甘孜，是有着《康定情歌》和"跑马溜溜的山上"的甘孜；是有着茶马古道、泸定桥，有着丹巴古碉、丹巴美人谷和被称为中国最美村寨甲居藏寨的甘孜；是有着德格印经院，有着川藏线上最高公路雀儿山口的甘孜；是有着"香格里拉之魂"——稻城亚丁，有着新路海的甘孜。在这片广大的、人烟稀少的高原上，有许多令我们惊奇的事情，比如德格县城只有 7000 人口，坐落在海拔 3000 米以上的地方。若在湖北神农架，海拔 3000 米的地方只长草，不会长庄稼，也不会长树。可这儿的庄稼、树木都长得相当好。阳光灿烂，人们的脸晒得红红的，花朵开得艳艳的。最让我惊奇的是这儿各县的藏居，虽各有不同，但色彩都十分艳丽。在道孚的藏居，我看到的是比故宫还豪华的装饰图案，让人如进宫殿中，可这是一般的民居啊，难以置信。而且一般农家都会种上几盆盛开的鲜花，在内地，这样的乡村景色是完全没有的。

翻过了二郎山，一进入甘孜，那藏区才有的各种东西扑面而来。

一是沿路的山壁上，只要稍微平坦的地方，都刻有那永远亲切的、藏文的六字箴言：唵嘛呢叭咪吽。这是一种祝福。我在跑马山上，看到树上挂着、石头上喷着彩色的六字箴言；在新路海的岸边，看到一块块巨石上，都刻上了六字箴言。我在往德格的途中，看到一面山坡上刻着这六个大字，它的下面就是村庄，家家户户的经幡杆和小白塔（神坛）。而公路边则可以到处见到年代久远的玛尼石。这些雕刻的石头，就是对神的敬奉。在这种宗教氛围的笼罩下，人们的心是不会烦热、躁动和妄想的。

二是到处飘扬的五彩经幡，又叫风马经幡。在高原，就是风马经幡的世界。风马经幡又称为风马旗，而藏语译音为"龙达"。龙达用一块版分别印在白、黄、红、蓝、绿单色布面上，按顺序一组组、一排排系挂在树枝或牵引在绳索上。龙达所象征的意义十分广泛，白色为人纯洁的心灵，黄色为大地，红色为火焰，蓝色为天空，绿色为江河。它们代表着太阳、土地、天空、水和生命。在藏民族的思想观念里，"龙"和"达"都代表着最快的速度，因此竖挂龙达的内涵是祈求好运撒向人间。所谓风马，就是献给山神的战马。风马上用藏文组成花边，或是吉祥八宝图案的花边。所谓八宝，就是藏民常戴的饰物，海螺、珊瑚、砗磲、如意之类。那在高原的劲风中吹动的风马，据说每吹动一次，就是献给了山神一匹战马，战马越来越多，而献战马的人，吉祥就越来越多。各种颜色的风马，消解他们各种各样的困厄，各种各样的烦恼。每一家的屋前，都竖有一根杉木经幡杆，这是献给山神的箭。这里的各式经幡，布满在每一个角落，有的一整座山上都飘扬着它们，有的将它们牵成一座宝塔状，有的经幡横跨在两山之间，像一道巨大的彩虹，蔚为壮观。当然，在海拔4000多米的折多山口和海拔5000多米的雀儿山口，有更多这种经幡，我也在它们的旁边留了影。那些经幡就是来往人们对平安的祈祷和祝福啊。

三是牦牛。那天早上，我们翻过4000多米的折多山口之后，我就看到了大群的牦牛。这些牦牛比内地的牛个头小，毛长，是黑的，尾巴拖地。它们站在早晨的阳光里，一动不动，仿佛雕塑。那是在晒太阳，因为高原上寒冷，它们的生活中晒太阳比吃草更重要。这些牛啊，跟这里的人一样，如此安静、淡定，仿佛也沾染了佛性，灵魂已经涅槃。抬起头，在更高的山上，一群一群的牦牛，多得不可胜数，给人的感觉，这片高原的主人，不是人，而是那密密麻麻的牦牛。而过去史书上把这片高原藏区的人称为牦牛族。听当地人说，藏民一般是不杀牦牛，也不出售的，牦牛老了，可能出售和杀掉，一头牦牛可卖一千多元。当地人家有百十头牦牛的不算稀奇，这些牦牛是他们的生活保障。因此，这里虽地处偏远，可从藏民非常漂亮的房子和女人们身上的服饰、配饰（包括绿松石、银饰），男人们手上的大金戒、金项链来看，他们比想象中富裕得多，也悠闲得多。

甘孜藏区被称为高寒草原。也许是因为它的高海拔，自从第一天见到贡嘎山之后，那雪山的影子就跟着我们了。一个星期，在甘孜流连，抬头或回头就能见到连绵的雪山。因为在贡嘎山周围，6000 米以上的雪山就有 20 多座，5000 米的达 120 座。其中最著名的有中山峰、爱德嘉峰、热德卖峰、蛇海子峰、白海子峰等。还有亚拉雪山，意为东方白牦牛山，是《格萨尔王传》记载的四大神山之一。还有折多山、鸡丑山——藏语叫央迈勇、降白央，被称为"香格里拉之魂""世界最美丽的山峰"。无论是在德格，还是在甘孜、丹巴、道孚、炉霍，雪山与我们如影随形。岂止在甘孜地区，据说就是在遥远的峨眉山顶，也可以远眺到贡嘎山那洁白高大的雄姿。在甘孜县，我们参观了甘孜寺后，走出来，但见远处一排锯齿形雪山，亮晶晶地横亘在我们眼际。在跑马山上，俯瞰着康定城，山风呼号，但远方一座叫不出名字的雪山在阳光下闪射着水晶般的光芒，一下子把康定和跑马山照亮了。特别在翻过雀儿山口时，我们就在雪山之中。雀儿山也是一组群峰，可以看见白雪在那破碎山体中的层次，也可以感受雪所带来的温润。因山体破碎，多天没下雨，道路尘土飞扬，未积雪的山呈现出干硬的铁红色，甚至正在崩溃，衣衫褴褛。而在高处，白雪皑皑，山形极美，雪就像是一件白毡袍，覆盖了那寸草不生的大山。如果不是雪，这些山松散、光秃，荒凉如外星球，当地人是不会给它们赋予什么神性的。可见雪那纤毫不染的质地，那种凝聚的力量，与天空互美，将万物照亮的情怀，是其他东西不可比拟的。不过山体如此破碎，雪山似乎还在生长，或者山体还将改变无数次。这种不确定性，这种高不可攀的破裂，会让人望而生畏，感到它还处于一种未命名的状态。这样的神性是十分原始的，那雪山仿佛透出一种难以捉摸的神秘，它的诡异和随意，有着一股我行我素的执拗和威严。可能这就是人们敬畏它的道理吧。

这块高寒地区的海子，也是令我沉醉的。我所见到的最美的海子就是德格的新路海，又叫玉隆拉措，是个冰蚀湖。新路海是当年解放军修路时命的这个名。玉

隆拉措的意思是：珠牡倾心的湖。相传格萨尔王的王妃
珠牡看见这个海子后就爱上了它，不想再走了。这个海
子在雪山之下，四周雪松云杉郁郁葱葱，湖边到处是巨
大的漂砾石，石上刻满了巨大的六字箴言。湖水是碧绿
碧绿的，德格的同志说这颜色不好，若五月来，湖水的
颜色是碧蓝的。可我认为，这十月间的水够漂亮的了。
山坡上，小叶杜鹃一丛一丛，还有一些叫不出名字的红
色、黄色的灌丛，像一队队仙人站立，这真是神仙住的
地方啊！这个海子深达 60 多米，鱼特别多，因为藏民
是不吃鱼的，所以鱼在湖里自由自在地生活，听说鱼长
到百十斤都不算稀奇。那一天有风浪，所以没见着鱼，
当地人说，平常只要你拿矿泉水瓶子敲敲，鱼就过来
了，是找人讨吃的。湖是神湖，过去的土司根据湖水的
颜色预测年成，然后指挥种地，这中间必有许多神奇的
故事。而且还听说这周围方圆几十里的几个海子是相通
的，三个大海子，分别代表天堂、人间、地狱。

康巴藏族的服饰各个县都有不同，所戴的帽子也
完全不同。康巴汉子是有名的壮汉，服饰威武雄壮，单
挂镶有宝石的耳环，八字须，盘独辫，腰间有嘎乌、火
链，还有一把横别于腰际的长刀，那刀精美可爱。德
格宣传部的一位老兄，我下过他的腰刀，摸过刃口，爱
不释手。不过让我喜欢的最是嘉绒的服饰，特别是嘉绒

女子的服饰，包括她们美不胜收的帽子。在康巴藏区，她们的服饰鹤立鸡群，让人赏心悦目。这种服饰完全不同于其他藏区的服饰，崇黑红绒，长衫右开襟，扣襻，统腰，左右开衩，甚是时尚，永远时尚。当地称为缁衣，黑色头帕，黑色衬裙，加上丹巴地区出美人，美人穿上这种服装，风韵袅袅。我怎么看都不像是藏族的服饰，后才弄明白，这种衣服有着古羌族遗风。"丹巴美人谷"也有说法，说这里是古东女国国都，而且这些美女是西夏皇室的后裔，所以气质高雅，美丽无比。传说归传说，但丹巴出美人已是不争的事实。不过我亲临其境，看到那里的水好，河中水流充沛，全是从森林中流出，植被极佳，且比其他地方海拔低。湖北人用一个词"水色"来形容女人，女人与水是密不可分的，水好女人就好。

甘孜的藏族民居，是我见过的中国最美的民居，没有破旧房，很怪，所有房子都漆光闪闪，木质也好，砖石也好，永远色彩鲜丽，朝气蓬勃，青春年少。我说最漂亮的还是道孚、炉霍和德格民居，全是木头，或下部是干打垒，楼上是木头。但全部是木头的也不少。这种建筑叫"崩空"，"崩"意为"木头架起来"，"空"为"房子"。"崩空"就像我们看到的一种类似酒吧或是时尚餐饮的艺术造型房子，可它们分明是老百姓的普通住屋。斗拱结构，朱红色抹墙，精美绝伦的屋檐、窗户和大门是藏式图案——在我们经过的八美和马尼干戈小镇为最美，仿佛整个小镇是一个艺术品。而二楼女儿墙上，种满各种花草，高原上阳光灿烂，花开四季，永不凋谢。若是楼下墙壁为干打垒，则刷成白色。他们对生活的热爱，他们的浪漫气质，他们的艺术品位，他们的色彩感，是我们望尘莫及的。最奇特的是丹巴，这里和民居紧连的是一座座古碉，被称为"千碉之国"。在丹巴，梭坡村的古碉群最壮观，它们呈褐色和褚色屹立在山谷之中，高耸入云。碉下大上小，四角、五角至十三角都有。这些碉堡起什么作用？因年代久远，解释五花八门。有说是打仗用的，有说是风水标志，称烽火碉、要隘碉、界碉、战碉。这些碉建一座可能要比建十座房子还困难，且在山间来建造这么高大的建筑，难度可想而知。这些碉堡不同于我们所见的笨重碉堡，它们更像是一座座纪念碑，把这个民族的英武之气托于云端。我在想，这真正是一种炫耀，实际作用不大。"梭坡"藏语含义为"蒙古人"，这里原是元代蒙军大将驻防之地，他们的子弟留在了这里，也渐渐藏化了。在丹巴嘉绒地区的民居却是砖石结构的，少许木头，但也非常漂亮，平顶，四个尖角向上，比起那纯木头的建筑，显然要节约（木头建筑是对大自然的疯狂掠夺）。有了这样的建筑，那儿的甲居和中路两个村庄被评为中国最美村寨。

在结束这篇印象记的时候，我的耳畔又响起了那美丽动听的藏族民歌，那高原上开阔、宽广、苍凉、优美的旋律时时把我带入那难忘的行旅中。那儿的人民，不论男女老少，包括汉族干部，没有谁不会唱的，并且都唱得异常投入，很有感染力，生怕亵渎了那歌那曲那内容。最令我感动的是一首《洁白的仙鹤》，是六世达赖仓央嘉措写的情歌："洁白的仙鹤啊，阿呀勒，请把双翅借给我。洁白的仙鹤啊，请把双翅借给我，不飞遥远的地方，阿呀勒，到理塘转一转就飞回……"这首歌的歌词只可意会，不可言传。可你又能理解歌中所唱，似乎非常明晰，但又充满神秘和佛味。不论是男人唱还是女人唱，都是深情无限的。我第一次听就禁不住眼湿，以后每次听依然热泪盈眶。我看别人，也一样，眼睛里晶闪闪的。在甘孜的任何地方，在餐桌上，在聊天时，在大街上，我都能听见他们的歌。我还能看见藏族孩子们的舞蹈。孩子们无比可爱，我们的车经过时，路上的孩子就会停下来给我们敬礼。还有在公路上向拉萨磕等身长头的朝圣者。那些蓝天、寺庙、雪山、高原上的花海和海子，都是令人感动的。我还记得我在道孚听到的一首《康巴人之歌》："啊塔拉塔拉德，在这片雪域祥瑞的土地上，居住着我们勤劳的康巴人。我们的先祖岭·格萨尔王曾在这里扬起战马震撼大地。在这片雪域祥瑞的土地上，康巴人建设着美好的家园。我们这个牦牛背上生长的民族永远向着太阳，向着太阳，高歌前进……"

甘孜，康巴的高原，真像一只洁白的仙鹤，她在我们的心上转一转就飞回了。我知道，对于甘孜，我们不过是匆匆的过客，在贡嘎山下的甘孜，它永远属于康巴人。可那高原上传来的歌声，从雪山上飘下的歌声，将永远是我心中最美的声音。

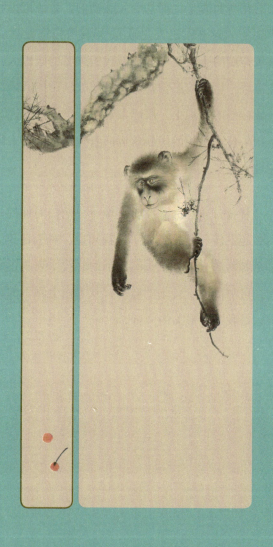

抓住景物特征，赋予景物个性

景物特征是景物带给我们的最鲜明、最深刻的印象，景物特征也可以看作是景物独特的个性。比如，提到五大名川，我们都知道"泰山雄""华山险"。这个"雄"和"险"就分别是这两座山的景物特征。正是因其"雄"，因其"险"，因其鲜明的景物特征，泰山和华山才会如此声名远播。同样地，**如果我们的写景作文能够紧扣景物特征，赋予景物鲜明个性，就能够给读者留下深刻的印象。**

夏丏尊先生的《白马湖之冬》就是一篇紧扣景物特征、描摹景物特色的名篇佳作。作者写白马湖的冬天，着眼于一个"风"字。诚如作者文中所述，"白马湖的山水和普通的风景地相差不远，唯有风却与别的地方不同"，"风在冬季的感觉中，自古占着重要的因素，而白马湖的风尤其特别"。你看，在作者眼中，"风"就是白马湖之冬鲜明独特的个性，将它与其他地方冬天的区别彰显开来。

在明确了景物特征之后，作者对景物的描摹刻画也围绕着"风"这一特征层层展开。他先是正面描写风之多与风之大，"那里的风，差不多日日有的，呼呼作响，好像虎吼"，还有寒风怒号、湖水澎湃、松涛如吼等细节。然后，作者运用了对照的写法，以无风时的"暖"衬托有风时的"寒"。作者还通过写人的活动来侧面描写风之狂，寒风一来，立即"逃难似的各自带了椅凳逃入室中，急急把门关上"。这些描写使原本无形的风变得鲜活可感，白马湖之冬的风多、风大、风寒、风狂也就因此而深入人心了。

就像写人的文章要凸显人物性格一样，写景的文章也要赋予景物鲜明的个性。不少同学的写景作文内容空泛、情感空洞，究其原因，是没有抓住景物特征。写景的文章，一定要明确景物的特征是什么，细节的选取与剪裁也都要紧密围绕着景物特征展开，这样才能够中心突出、详略得当，给人留下深刻的印象。

——密斯於

白马湖之冬

—— 夏丏尊

在我过去四十余年的生涯中，冬的情味尝得最深刻的，要算十年前初移居白马湖的时候了。十年以来，白马湖已成了一个小村落，当我移居的时候，还是一片荒野。春晖中学的新建筑巍然矗立于湖的那一面，湖的这一面的山脚下是小小的几间新平屋，住着我和刘君心如两家。此外两三里内没有人烟。一家人于阴历十一月下旬从热闹的杭州移居这荒凉的山野，宛如投身于极带中。

那里的风，差不多日日有的，呼呼作响，好像虎吼。屋宇虽系新建，构造却极粗率，风从门窗隙缝中来，分外尖削，把门缝窗隙厚厚地用纸糊了，椽缝中却仍有透入。风刮得厉害的时候，天未夜就把大门关上，全家吃毕夜饭即睡入被窝里，静听寒风的怒号，湖水的澎湃。靠山的小后轩，算是我的书斋，在全屋子中是风最小的一间，我常把头上的罗宋帽拉得低低的，在洋灯下工作至夜深。松涛如吼，霜月当窗，饥鼠吱吱在承尘上奔窜。我于这种时候深感到萧瑟的诗趣，常独自拨划着炉灰，不肯就睡，把自己拟诸山水画中的人物，作种种幽邈的遐想。

现在白马湖到处都是树木了，当时尚一株树木都未种。月亮与太阳都是整个儿的，从上山起直要照到下山为止。太阳好的时候，只要不刮风，那真和暖得不像冬天。一家人都坐在庭间曝日，甚至于吃午饭也在屋外，像夏天的晚饭一样。日光晒到哪里，就把椅凳移到哪里，忽然寒风来了，只好逃难似的各自带了椅凳逃入室中，急急把门关上。在平常的日子，风来大概在下午快要傍晚的时候，半夜即息。至于大风寒，那是整日夜狂吼，要二三日才止的。最严寒的几天，泥地看去惨白如水门汀，山色冻得发紫而黯，湖波泛深蓝色。

下雪原是我所不憎厌的，下雪的日子，室内分外明亮，晚上差不多不用燃灯。远山积雪足供半个月的观看，举头即可从窗中望见。可是究竟是南方，每冬下雪不过一二次。我在那里所日常领略的冬的情味，几乎都从风来。白马湖之所以多风，可以说有着地理上的原因。那里环湖都是山，而北首却有一个半里阔的空隙，好似故意张了袋口欢迎风来的样子。白马湖的山水和普通的风景地相差不远，唯有风却与别的地方不同。风的多和大，凡是到过那里的人都知道的。风在冬季的感觉中，自古占着重要的因素，而白马湖的风尤其特别。

现在，一家傩居上海多日了，偶然于夜深人静时听到风声，大家就要提起白马湖来，说："白马湖不知今夜又刮得怎样厉害哩！"

赏菊狮子林

——周瘦鹃

节气已过小雪，而江南一带不但毫无雪意，天气还是并不太冷，连浓霜也不曾有过，菊正开得挺好，正是举行菊展的好时刻。大型的菊展，是在狮子林举行的。凡是苏州市各园林的菊花，几乎都集中于此，大大小小数千百盆，云蒸霞蔚地蔚为大观。

　　一进狮子林大门，就瞧见前庭陈列着不少盆菊，五色斑斓，似乎盛装迎客。沿着走廊北进，到了燕誉堂。堂前假山上、花坛里，都错错落落地点缀着菊花，堂上每一几、每一案，都陈列着大小方圆的陶盆、瓷盆，盆中都整整齐齐地种着各类名种的菊花，真是形形色色，林林总总，任是丹青妙手，怕也没法儿一一描画出来。当初陶渊明所爱赏的，大概只有黄菊一种，怎能比得上我们今天的幸运，可以看到这样丰富多彩的各种名菊而大开眼界、大饱眼福呢？

　　这一带原是园中的建筑群，燕誉堂的后面，是一个小小结构的小方厅。从后院中，走出一扇海棠式的门，就到了揖峰指柏轩。再向西进，便是旧时建筑物中仅存的所谓古五松园。每一座厅、一座轩、一座堂，都陈列着多种多样的名菊，而这些厅堂前后都有院落，都有假山，也一样用多种多样的名菊随意点缀着。这处处都是不可胜数的名菊，都是公园、拙政园、留园、狮子林、网师园等花工们一年劳动的结晶。

揖峰指柏轩的前面，有一条狭长的小溪，溪上架着一条弓形的石桥，桥栏上齐整地排列着好多盆黄色和浅紫色的小菊花，好像是两道锦绣的花边，形成了一条绚烂的花桥。站在轩前抬眼望去，可见一座座的奇峰、一株株的古柏，就可明了轩名揖峰指柏的含义。此外还有头角峥嵘的石笋和木化石，都是五六百年来身历兴废的古物，还是元代造园时就兀立在这里的。这一带的假山迂回曲折，路复山重，要是漫不经心地随意溜达，就好像误入了诸葛孔明的八卦阵，迷迷糊糊地找不到出路。

荷花厅在揖峰指柏轩之西，厅前有大天棚很为爽垲，这是供游客们啜茗休憩的所在。棚临大池塘，种着各色各种荷花，入夏翠盖红裳，足供欣赏。现在荷花没有了，却可在这里赏菊。原来花工们别出心裁，在前面连绵不断的假山上，像散兵线般散放着一盆盆黄白的菊花，远远望去，倒像是秋夜散布天际的星斗一样。出厅更向西进，有一个金碧辉煌的水榭，上有蓝底金字匾额，大书"真趣"二字，并没款识，据说是清帝乾隆所写的。西去不多远，有一只石造的画舫，窗嵌五色玻璃，十分富丽；现在船舷、船头、船尾上，都密集地安放着各色小型的盆菊，形成了一只美丽的花船。沿着长廊再向西去，由假山上拾级而登，就是赏梅所在的暗香疏影楼。出楼向南，得一亭，叫作听涛亭，与荷池边的观瀑亭遥遥相对，原来这里是西部假山最高的所在，下有人造瀑布，开了机栝，水从隐蔽着的水塔管中汤汤下泻，泻过湖石叠成的几叠水坝，活像山中真瀑，挂下一大匹白练来，气势磅礴，水声訇訇，边看边听，使人心腑一清。这是狮子林的又一特点，为其他园林所没有的。出亭，过短廊，入问梅阁，古诗"君自故乡来，应知故乡事。来日绮窗前，寒梅著花未？"因阁下多梅树，就借用"问梅花开未"的意思，作为阁名。阁中桌凳，都作梅花形，窗上全是冰梅纹的格子，而又挂着"绮窗春讯"四字的横额，都是和梅花互相配合的。现在当然不用问梅花开否，但也有菊花可赏，林和靖可只得反串陶渊明了。从这里一路沿廊下去，还有双香仙馆、扇子亭、立雪亭、修竹阁等建筑物，因为这一带已没有菊花，也就不用流连了。

泰山日出

——徐志摩

我们在泰山顶上看出太阳。在航过海的人，看太阳从地平线下爬上来，本不是奇事；而且我个人是曾饱饫过江海与印度洋无比的日彩的。但在高山顶上看日出，尤其在泰山顶上，我们无餍的好奇心，当然盼望一种特异的境界，与平原或海上不同的。果然，我们初起时，天还暗沉沉的，西方是一片的铁青，东方些微有些白意，宇宙只是——如用旧词形容——一体莽莽苍苍的。但这是我一面感觉劲烈的晓寒，一面睡眼不曾十分醒豁时约略的印象。等到留心回览时，我不由得大声地狂叫——因为眼前只是一个见所未见的境界。原来昨夜整夜暴风的工程，却砌成一座普遍的云海。除了日观峰与我们所在的玉皇顶以外，东西南北只是平铺着弥漫的云气。在朝旭未露前，宛似无量数厚毳长绒的绵羊，交颈接背地眠着，卷耳与弯角都依稀辨认得出。那时候在这茫茫的云海中，我独自站在雾霭溟蒙的小岛上，发生了奇异的幻想——

　　我躯体无限地长大，脚下的山峦比例我的身量，只是一块拳石；这巨人披着散发，长发在风里像一面黑色的大旗，飒飒地在飘荡。这巨人竖立在大地的顶尖上，仰面向着东方，平拓着一双长臂，在盼望，在迎接，在催促，在默默地叫唤；在崇拜，在祈祷，在流泪——在流久慕未见而将见悲喜交互的热泪……

　　这泪不是空流的，这默祷不是不生显应的。

　　巨人的手，指向着东方——

　　东方有的，在展露的，是什么？

　　东方有的是瑰丽荣华的色彩，东方有的是伟大普照的光明——出现了，到了，在这里了……

　　玫瑰汁，葡萄浆，紫荆液，玛瑙精，霜枫叶——大量的染工，在层累的云底工作，无数蜿蜒的鱼龙，爬进了苍白色的云堆。

　　一方的异彩，揭去了满天的睡意，唤醒了四隅的明霞——光明的神驹，在热奋地驰骋……

　　云海也活了；眠熟了兽形的涛澜，又回复了伟大的呼啸，昂头摇尾地向着我们朝露染青馒形的小岛冲洗，激起了四岸的水沫浪花，震荡着这生命的浮礁，似在报告光明与欢欣之临莅……

再看东方——海句力士已经扫荡了他的阻碍，雀屏似的金霞，从无垠的肩上产生，展开在大地的边沿。起……起……用力，用力。纯焰的圆颅，一探再探地跃出了地平，翻登了云背，临照在天空……

歌唱呀，赞美呀，这是东方之复活，这是光明的胜利……

散发祷祝的巨人，他的身彩横亘在无边的云海上，已经渐渐地消翳在普遍的欢欣里；现在他雄浑的颂美的歌声，也已在霞彩变幻中，普彻了四方八隅……

听呀，这普彻的欢声；看呀，这普照的光明！

忆卢沟桥

—— 许地山

记得离北平以前，最后到卢沟桥，是在二十二年的
春天。我与同事刘兆蕙先生在一个清早由广安门顺着大
道步行，经过大井村，已是十点多钟。参拜了义井庵的
千手观音，就在大悲阁外少憩。那菩萨像有三丈多高，
是金铜铸成的，体相还好，不过屋宇倾颓，香烟零落，
也许是因为求愿的人们发生了求财赔本求子丧妻的事情
吧。这次的出游本是为访求另一尊铜佛而来的。我听见
从宛平城来的人告诉我那城附近有所古庙塌了，其中许
多金铜佛像，年代都是很古的。为知识上的兴趣，不得
不去采访一下。大井村的千手观音是有著录的，所以也
顺便去看看。

　　出大井村，在官道上，巍然立着一座牌坊，是乾隆
四十年建的。坊东面额书"经环同轨"，西面是"荡平
归极"。建坊的原意不得而知，将来能够用来做凯旋门
那就最合宜不过了。

春天的燕郊，若没有大风，就很可以使人流连。树干上或土墙边蜗牛在画着银色的涎路。它们慢慢移动，像不知道它们的小介壳以外还有什么宇宙似的。柳塘边的雏鸭披着淡黄色的氄毛，映着嫩绿的新叶；游泳时，微波随蹼翻起，泛成一弯一弯动着的曲纹，这都是生趣的示现。走乏了，且在路边的墓园少住一会儿。刘先生站在一座很美丽的窣堵坡上，要我给他拍照。在榆树荫覆之下，我们没感到路上太阳的酷烈。寂静的墓园里，虽没有什么名花，野卉倒也长得顶得意的。忙碌的蜜蜂，两只小腿沾着些少花粉，还在采集着。蚂蚁为争一条烂残的蚱蜢腿，在枯藤的根本上争斗着。落网的小蝶，一片翅膀已失掉效用，还在挣扎着。这也是生趣的示现，不过意味有点儿不同罢了。

　　闲谈着，已见日丽中天，前面宛平城也在域之内了。宛平城在卢沟桥北，建于明崇祯十年，名叫"拱北城"，周围不及二里，只有两个城门，北门是顺治门，南门是永昌门。清改拱北为拱极，永昌门为威严门。南门外便是卢沟桥。拱北城本来不是县城，前几年因为北平改市，县衙才移到那里去，所以规模极其简陋。从前它是个卫城，有武官常驻镇守着，一直到现在，还是一个很重要的军事地点。我们随着骆驼队进了顺治门，在前面不远，便见了永昌门。大街一条，两边多是荒地。我们到预定的地点去探访，果见一个庞大的铜佛头和一些铜像残体横陈在县立学校里的地上。拱北城内原有观音庵与兴隆寺，兴隆寺内还有许多已无可考的广慈寺的遗物，那些铜像究竟是属于哪寺的也无从知道。我们摩挲了一会儿，才到卢沟桥头的一家饭店午膳。

自从宛平县署移到拱北城，卢沟桥便成为县城的繁要街市。桥北的商店民居很多，还保存着从前中原数省入京孔道的规模。桥上的碑亭虽然朽坏，还矗立着。自从历年的内战，卢沟桥更成为戎马往来的要冲，加上长辛店战役的印象，使附近的居民都知道近代战争的大概情形，连小孩也知道飞机、大炮、机关枪都是做什么用的。到处墙上虽然有标语贴着的痕迹，而在色与量上可不能与卖药的广告相比。推开窗户，看着永定河的浊水穿过疏林，向东南流去，想起陈高的诗："卢沟桥西车马多，山头白日照清波。毡卢亦有江南妇，愁听金人出塞歌。"清波不见，浑水成潮，是记述与事实的相差，抑昔日与今时的不同，就不得而知了。但想象当日桥下雅集亭的风景，以及金人所掠江南妇女，经过此地的情形，感慨便不能不触发了。

从卢沟桥上经过的可悲可恨可歌可泣的事迹，岂止被金人所掠的江南妇女那一件？可惜桥栏上蹲着的石狮子个个只会张牙裂眦结舌无言，以致许多可以稍留印迹的史实，若不随蹄尘飞散，也叫轮辐压碎了。我又想着天下最有功德的是桥梁。它把天然的阻隔联络起来，它从这岸渡引人们到那岸。在桥上走过的是好是歹，于它本来无关，何况在上面走的不过是长途中的一小段，它哪能知道何者是可悲可恨可泣呢？它不必记历史，反而是历史记着它。

卢沟桥本名广利桥，是金大定二十九年（公元1189年）始建，至明昌三年（公元1192年）修成的。它拥有世界的声名是因为曾入马可·波罗的记述。马可·波罗记作"普利桑干"，而欧洲人都称它作"马可波罗桥"，倒失掉记者赞叹桑干河上一道大桥的原意了。中国人是善于修造石桥的，在建筑上只有桥与塔可以保留得较为长久。中国的大石桥每能使人叹为鬼役神工，卢沟桥的伟大与那有名的泉州洛阳桥和漳州虎渡桥有点儿不同。论工程，它没有这两道桥的宏伟，然而在史迹上，它是多次系着民族安危。纵使你把桥拆掉，卢沟桥的神影是永不会被中国人忘记的。这个在"七七"事件发生以后，更使人觉得是如此。当时我只想着日军许会从古北口入北平，由北平越过这道名桥侵入中原，决想不到火头就会在我那时所站的地方发出来。

在饭店里，随便吃些烧饼就出来，在桥上张望。铁路桥在远处平行地架着。驮煤的骆驼队随着铃铛的音节整齐地在桥上迈步。小商人与农民在雕栏下做交易上很有礼貌地计较。妇女们在桥下浣衣，乐融融地交谈。人们虽不理会国势的严重，可是从军队里宣传员口里也知道强敌已在门口。我们本不为做间谍去的，因为在桥上向路人多问了些话，便叫警官注意起来，我们也自好笑。我是为当事官吏的注意而高兴，觉得他们时刻在提防着，警备着。过了桥，便望见实柘山，苍翠的山色，指示着日斜多了几度，在砾原上流连片时，暂觉晚风拂衣，若不回转，就得住店了。"卢沟晓月"是有名的。为领略这美景，到店里住一宿，本来也值得，不过我对于晓风残月一类的景物素来不大喜爱。我爱月在黑夜里所显的光明。晓月只有垂死的光，想来是很凄凉的。还是回家吧。

我们不从原路去，就在拱北城外分道。刘先生沿着旧河床，向北回海甸去。我捡了几块石头，向着八里庄那条路走。进到阜成门，望见北海的白塔已经成为一个剪影贴在洒银的暗蓝纸上。

陶然亭

——张恨水

陶然亭好大一个名声，它就跟武昌黄鹤楼、济南趵突泉一样。来过北京的人回家后，家里人一定会问："你到过陶然亭吗？"因之在三十五年前，我到北京的第一件事，就是去逛陶然亭。

　　那时候没有公共汽车，也没有电车。找了一个三秋日子，真可以说是云淡风轻，于是前去一逛。可是路又极不好走，满地垃圾，坎坷不平，高一脚，低一脚。走到陶然亭附近，只看到一片芦苇，远处呢，半段城墙。至于四周人家，房屋破破烂烂。不仅如此，到处还有乱坟葬埋。虽然有些树，但也七零八落，谈不到什么绿荫。我手拂芦苇，慢慢前进。可是飞虫乱扑，最可恨是苍蝇蚊子到处乱钻。我心想，陶然亭就是这个样子吗？

　　所谓陶然亭，并不是一个亭，是一个土丘，丘上盖了一所庙宇。不过北西南三面，都盖了一列房子，靠西的一面还有廊子，有点儿像水榭的形式。登这廊子一望，隐隐约约望见一抹西山，其近处就只有芦苇遍地了。据说这一带地方是饱经沧桑的，早年原不是这样，有水，有船，也有些树木。清朝康熙年间，有位工部郎中江藻，他看此地还有点儿野趣，就在这庙里盖了三间西厅房。采用了白居易的诗"更待菊黄家酝熟，共君一醉一陶然"的句子，称它作陶然亭；后来成为一些文人在重阳登高宴会之所。到了乾隆年间，这地方成了一片苇塘。乱坟本来就有，以后年年增加，就成为三十五年前我到北京来的模样了。

过去，北京景色最好的地方，都是皇帝的禁苑，老百姓是不能去的。只有陶然亭地势宽阔，又有些野景，它就成为普通百姓以及士大夫游览聚会之地。同时，应科举考试的人，中国哪一省都有，到了北京，陶然亭当然去逛过。因之陶然亭的盛名，在中国就传开了。我记得作《花月痕》的魏子安，有两句诗说陶然亭，"水近万芦吹絮乱，天空一雁比人轻"。这要说到气属三秋的时候，说陶然亭还有点儿像。可是这三十多年以来，陶然亭一年比一年坏。我三度来到北京，而且住的日子都很长，陶然亭虽然去过一两趟，总觉得"水近万芦吹絮乱"句子而外，其余一点儿什么都没有。真是对不住那个盛名了。

一九五五年听说陶然亭修得很好；一九五六年听说陶然亭更好，我就在六月中旬，挑了一个晴朗的日子，带着我的妻女，坐公共汽车前去。一望之间，一片绿荫，露出两三个亭角，大道宽坦，两座辉煌的牌坊，遥遥相对。还有两路小小的青山，分踞着南北。好像这就告诉人，山外还有山呢。妻说："这就是陶然亭吗？我自小在这附近住过好多年，怎么改造得这样好，我一点儿都不认识了。"我指着大门边一座小青山说："你看，这就是窑台，你还认得吗？"妻说："哎呀！这山就是窑台？这地方原是个破庙，现在是花木成林，还有石坡可上啊！"她是从童年就生长在这里的人，现在连一点儿都不认得了。从她吃惊的情形就可以感觉到：陶然亭和从前一比，不知好到什么地步了。

　　陶然亭公园里面沿湖有三条主要的大路，我就走了中间这条路，路面是非常平整的。从东到西约两里多路宽的地方，挖了很大很深的几个池塘，曲折相连。北岸有游艇出租处，有几十只游艇，停泊在水边等候出租。我走不多远，就看见两座牌坊，雕刻精美，金碧辉煌，仿佛新制的一样。其实是东西长安街的两个牌楼迁移到这里重新修起来的。这两座妨碍交通的建筑在这里总算找到了它的归宿。

　　走进几步，就是半岛所在，看去，两旁是水，中间是花木。山脚一座凌霄花架，作为游人纳凉的地方。山上有一四方凉亭。山后就是过去香冢遗迹了。原来立的碑，尚完整存在，一诗一铭，也依然不少分毫。我看两个人在这里念诗，有一个人还是斑白胡子呢。顺着一条岔路，穿过几棵大树上前，在东角突然起一小山，有石级可以盘曲着上去。那里绿荫蓬勃，都是新栽不久的花木，都有丈把高了。这里也有一个亭子，站在这里，只觉得水木清华，尘飞不染。我点点头说："这里很不错啊！"

　　西角便是真正陶然亭了。从前进门处是一个小院子，西边脚下，有几间破落不堪的屋子。现在是一齐拆除，小院子成了平地，当中又栽了十几棵树，石坡也改为水泥面的。登上土坛，只见两棵二百年的槐树，正是枝叶葱茏。远望四周一片苍翠，仿佛是绿色屏障，再要过了几年，这周围的树，更大更密，那园外尽管车水马龙，一概不闻不见，园中清静幽雅，就成为另一世界了。我们走进门去，过厅上挂了一块匾，大书"陶然"二字。那几间庙宇，可以不必谈。西南北三面房屋，门户洞开，偏西一面有一带廊子，正好远望。房屋已经过修饰，这里有服务处卖茶，并有茶点部。坐在廊下喝茶，感到非常幽静。

近处隔湖有云绘楼，水榭下面，清池一湾，有板桥通过这个半岛。我心里暗暗称赞："这样确是不错！"我妻就问："有一些清代的小说之类，说起饮酒陶然亭，就是这里吗？"我说："不错，就是我们坐的这里。你看这墙上嵌了许多石碑，这就是那些士大夫们留的文墨。至于好坏一层，用现在的眼光看起来，那总是好的很少吧。"

　　坐了一会，我们出了陶然亭，又跨过了板桥，这就上了云绘楼。这楼有三层，雕梁画栋，非常华丽。往西一拐，露出了两层游廊，游廊尽处，又是一层，题曰清音阁。阁后有石梯，可以登楼。这楼在远处觉得十分富丽雄壮，及向近处看，又曲折纤巧。打听别人，才知道原来是从中南海移建过来的。它和陶然亭隔湖相对，增加不少景色。

　　公园南面便是旧城脚下，现已打通了一个豁口。沿湖岸东走，处处都是绿荫，水色空蒙，回头望望，湖中倒影非常好看。又走了半里路，面前忽然开朗，有一个水泥面的月形舞场，四周柱灯林立。舞池足可以容纳得下二三百人。当夕阳西下，各人完了工，邀集二三友好，或者泛舟湖面，或者就在这里跳舞，是多好的娱乐啊！对着太平街另外一门，杨柳分外多，一面是青山带绿，一面是清水澄明，阵阵轻风，扑人眉发。晚来更是清静。再取道西进，路北有小山一叠，有石级可上，山上还有一亭小巧玲珑。附近草坪又厚又软。这里的草，是河南来的，出得早，萎枯得晚，加之经营得好，就成了碧油油的一片绿毯了。

回头，我们又向西慢慢地徐行。过了儿童体育场，和清代时候盖的抱冰堂，就到了三个小山合抱的所在，这三个小山，把园内西南角掩藏了一些。如果没有这山，就直截了当地看到城墙这么一段，就没有这样妙了。

园内几个池塘，共有二百八十亩大，一九五二年开工，就只挖了一百七十天就完工了，挖出的土就堆成七个小山，高低参差，增加了立体的美感。

这一趟游陶然亭公园，绕着这几座山共走了约五里路，临别还有一点儿留恋。这个面目一新的陶然亭，引起我不少深思。要照从前的秽土成堆，那过了两三年就湮没了。有些知道陶然亭的人，恐怕只有在书上找它的陈迹了吧？现在逛陶然亭真是其乐陶陶了。

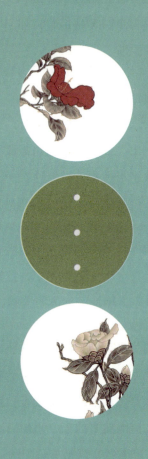

济南的冬天

——老舍

对于一个在北平住惯的人，像我，冬天要是不刮大风，便觉得是奇迹；济南的冬天是没有风声的。对于一个刚由伦敦回来的人，像我，冬天要能看得见日光，便是怪事；济南的冬天是响晴的。自然，在热带的地方，日光是永远那么毒，响亮的大气反有点儿叫人害怕。可是，在北中国的冬天，而能有温晴的天气，济南真得算个宝地。

设若单单是有阳光，那也算不了出奇。请闭上眼想：一个老城，有山有水，全在蓝天下很暖和安适地睡着，只等春风来把它们唤醒，这是不是个理想的境界？

小山整把济南围了个圈儿，只有北边缺着点儿口儿。这一圈小山在冬天特别可爱，好像是把济南放在一个小摇篮里，它们全安静不动地低声地说："你们放心吧，这儿准保暖和。"真的，济南的人们在冬天是面上含笑的。他们一看那些小山，心中便觉得有了着落，有了依靠。他们由天上看到山上，便不觉地想起："明天也许就是春天了吧？这样的温暖，今天夜里山草也许就绿起来了吧？"就是这点儿幻想不能一时实现，他们也并不着急，因为有这样慈善的冬天，干啥还希望别的呢！

最妙的是下点儿小雪呀。看吧，山上的矮松越发的青黑，树尖儿上顶着一髻儿白花，好像日本看护妇。山尖全白了，给蓝天镶上一道银边。山坡上有的地方雪厚点儿，有的地方草色还露着；这样，一道儿白，一道儿暗黄，给山们穿上一件带水纹的花衣；看着看着，这件花衣好像被风儿吹动，叫你希望看见一点儿更美的山的肌肤。等到快日落的时候，微黄的阳光斜射在山腰上，那点儿薄雪好像忽然害了羞，微微露出点儿粉色。就是下小雪吧，济南是受不住大雪的，那些小山太秀气！

古老的济南，城内那么狭窄，城外又那么宽敞，山坡上卧着些小村庄，小村庄的房顶上卧着点儿雪，对，这是张小水墨画，也许是唐代的名手画的吧。

那水呢，不但不结冰，反倒在绿萍上冒着点儿热气。水藻真绿，把终年贮蓄的绿色全拿出来了。天儿越晴，水藻越绿，就凭这些绿的精神，水也不忍得冻上；

况且那长枝的垂柳还要在水里照个影儿呢。看吧，由澄清的河水慢慢往上看吧，空中，半空中，天上，自上而下全是那么清亮，那么蓝汪汪的，整个的是块空灵的蓝水晶。这块水晶里，包着红屋顶、黄草山，像地毯上的小团花的小灰色树影。这就是冬天的济南。

趵突泉的欣赏

——老　舍

千佛山、大明湖和趵突泉，是济南的三大名胜。现在单讲趵突泉。

　　在西门外的桥上，便看见一溪活水，清浅，鲜洁，由南向北地流着。这就是由趵突泉流出来的。设若没有这泉，济南定会丢失了一半的美。但是泉的所在地并不是我们理想中的一个美景。这又是个中国人的征服自然的办法，那就是说，凡是自然的恩赐交到中国人手里就会把它弄得丑陋不堪。这块地方已经成了个市场。南门外是一片喊声，几阵臭气，从卖大碗面条与肉包子的棚子里出来，进了门有个小院，差不多是四方的。这里，"一毛钱四块！"和"两毛钱一双！"的喊声，与外面的"吃来"连成一片。一座假山，奇丑；穿过山洞，接连不断的棚子与地摊，东洋布，东洋瓷，东洋玩具，东洋……加劲地表示着中国人怎样热烈地"不"抵制劣货。这里很不易走过去，乡下人一群跟着一群地来，把路塞住。他们没有例外地全买一件东西还三次价，走开又回来摸索四五次。小脚妇女更了不得，你往左躲，她往左扭；你往右躲，她往右扭，反正不许你痛快地过去。

到了池边，北岸上一座神殿，南西东三面全是唱鼓书的茶棚，唱的多半是梨花大鼓，一声"哟"要拉长几分钟，猛听颇像产科医院的病室。除了茶棚还是日货摊子，说点儿别的吧！

泉太好了。泉池差不多见方，三个泉口偏西，北边便是条小溪流向西门去。看那三个大泉，一年四季，昼夜不停，老那么翻滚。你立定呆呆地看三分钟，你便觉出自然的伟大，使你不敢再正眼去看。永远那么纯洁，永远那么活泼，永远那么鲜明，冒，冒，冒，永不疲乏，永不退缩，只是自然有这样的力量！冬天更好，泉上起了一片热气，白而轻软，在深绿的长的水藻上飘荡着，使你不由得想起一种似乎神秘的境界。

池边还有小泉呢：有的像大鱼吐水，极轻快地上来一串小泡；有的像一串明珠，走到中途又歪下去，真像一串珍珠在水里斜放着；有的半天才上来一个泡，大，扁一点儿，慢慢地，有姿态地，摇动上来；碎了；看，又来了一个！有的好几串小碎珠一齐挤上来，像一朵攒整齐的珠花，雪白。有的……这比那大泉还更有味。

新近为增加河水的水量，又下了六根铁管，做成六个泉眼，水流得也很旺，但是我还是爱那原来的三个。

看完了泉，再往北走，经过一些货摊，便出了北门。

前年冬天一把大火把泉池南边的棚子都烧了。有机会改造了！造成一个公园，各处安着喷水管！东边做个游泳池！有许多人这样地盼望。可是，席棚又搭好了，渐次改成了木板棚；乡下人只知道趵突泉，把摊子移到"商场"去（就离趵突泉几步）买卖就受损失了；于是"商场"四大皆空，还叫趵突泉作日货销售场；也许有道理。

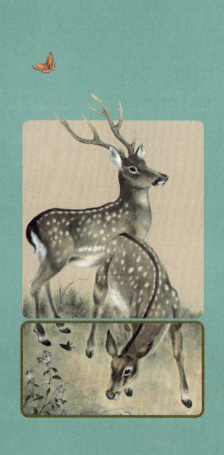

写景勿忘景中人

在写作课上，我常提醒学生，写景勿忘景中人，要将人置于景中，写人的活动。因为景是"死"的，人是"活"的，**人才是景的灵魂**，景会因人的活动而变得富有生气。茅盾先生在其代表作《风景谈》中写道："人依然是'风景'的构成者，没有了人，还有什么可以称道的？"

　　像作者一样读书，我们来拆析徐志摩先生的散文名篇《我所知道的康桥》，看看大师如何写景中人。《我所知道的康桥》（三）是相对完整独立的篇章，我们完全可以将它当作一篇优秀的写景范文来赏析。作者不仅细致地描绘出康桥的风土人情，更展现出自己对于康桥如痴如醉的深情。

　　首先，作者以"康桥的灵性在于康河"开篇，统领全文。接下来，他依次描摹了康河上的三处胜景：淡泊宁静的康河坝筑、调谐匀称的学院建筑和绝美脱俗的三环洞桥。最后，他通过人的活动收束全文，"在康河边上过一个黄昏是一服灵魂的补剂。啊！我那时蜜甜的单独，那时蜜甜的闲暇。一晚又一晚地，只见我出神似的倚在桥阑上向西天凝望——看一回凝静的桥影，数一数螺钿的波纹：我倚暖了石阑的青苔，青苔凉透了我的心坎……"通过人的活动，点明"康河边的时光是灵魂补剂"的立意，与开头巧妙呼应。这是一个非常典型的写景作文的结构，先写自然景观，再写人的活动，以此来凸显情感，升华主题。这是值得我们学习借鉴的文思。

这篇文章更值得我们借鉴的是，作者并没有呆板地铺陈细节介绍景物，而是以其沉溺于景物之中的情感体验，让我们始终感知到"景中人"的视角，诸如："你可以躺在累累的桃李树荫下吃茶，花果会掉入你的茶杯，小雀子会到你桌上来啄食"；"假如你站在王家学院桥边的那棵大椈树荫下眺望"；还有，"但这时你的注意早已叫克莱亚的三环洞桥魔术似的摄住"……这样的写法不单单有对自然风光的描摹，更有主观情感的流动，达到了物我融通、情景合一的境界，极具感染力。

让我引用文中的一句话来收尾："大自然的优美、宁静，调谐在这星光与波光的默契中不期然地淹入了你的性灵。"**写景勿忘景中人**，这句引文还真是切题呢。

——密斯於

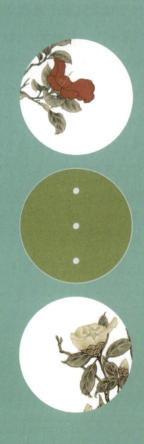

我所知道的康桥

——徐志摩

一

　　我这一生的周折，大都寻得出感情的线索。不论别的，单说求学。我到英国是为要从罗素。罗素来中国时，我已经在美国。他那不确的死耗传到的时候，我真的出眼泪不够，还做悼诗来了。他没有死，我自然高兴。我摆脱了哥伦比亚大学博士衔的引诱，买船票过大西洋，想跟这位二十世纪的福禄泰尔认真念一点儿书去。谁知一到英国才知道事情变样了：一为他在战时主张和平，二为他离婚，罗素叫康桥给除名了，他原来是 Trinity College 的 fellow，这来他的 fellowship 也给取消了。他回英国后就在伦敦住下，夫妻两人卖文章过日子。

　　因此我也不曾遂我从学的始愿。我在伦敦政治经济学院里混了半年，正感着闷想换路走的时候，我认识了狄更生先生。狄更生——Goldsworthy Lowes Dickinson——是一个有名的作者，他的《一个中国人的通信》(*Letters*

From John Chinaman）与《一个现代聚餐谈话》（*A Modern Symposium*）两本小册子早得了我的景仰。我第一次会着他是在伦敦国际联盟协会席上，那天林宗孟先生演说，他做主席；第二次是宗孟寓里吃茶，有他。

以后我常到他家里去。他看出我的烦闷，劝我到康桥去，他自己是王家学院（King's College）的 fellow。我就写信去问两个学院，回信都说学额早满了，随后还是狄更生先生替我去在他的学院里说好了，给我一个特别生的资格，随意选科听讲。从此黑方巾、黑披袍的风光也被我占着了。

初起我在离康桥六英里的乡下叫沙士顿的地方租了几间小屋住下，同居的有我从前的夫人张幼仪女士与郭虞裳君。每天一早我坐街车（有时自行车）上学，到晚回家。这样的生活过了一个春，但我在康桥还只是个陌生人，谁都不认识，康桥的生活，可以说完全不曾尝着，我知道的只是一个图书馆，几个课室，和三两个吃便宜饭的茶食铺子。狄更生常在伦敦或是大陆上，所以也不常见他。那年的秋季我一个人回到康桥，整整有一学年，那时我才有机会接近真正的康桥生活，同时我也慢慢地"发现"了康桥。我不曾知道过更大的愉快。

二

"单独"是一个耐寻味的现象。我有时想它是任何发现的第一个条件。你要发现你的朋友的"真",你得有与他单独的机会。你要发现你自己的真,你得给你自己一个单独的机会。你要发现一个地方(地方一样有灵性),你也得有单独玩的机会。我们这一辈子,认真说,能认识几个人?能认识几个地方?我们都是太匆忙,太没有单独的机会。说实话,我连我的本乡都没有什么了解。康桥我要算是有相当交情的,再次许只有新认识的翡冷翠了。啊,那些清晨,那些黄昏,我一个人发痴似的在康桥!绝对地单独。

但一个人要写他最心爱的对象,不论是人是地,是多么使他为难的一个工作?你怕,你怕描坏了它,你怕说过分了恼了它,你怕说太谨慎了辜负了它。我现在想写康桥,也正是这样的心理,我不曾写,我就知道这回是写不好的——况且又是临时逼出来的事情。但我却不能不写,上期预告已经出去了。我想勉强分两节写:一是我所知道的康桥的天然景色,一是我所知道的康桥的学生生活。我今晚只能极简地写些,等以后有兴会时再补。

三

康桥的灵性全在一条河上：康河，我敢说，是全世界最秀丽的一条水。河的名字是葛兰大（Granta），也有叫康河（River Cam）的，许有上下流的区别，我不甚清楚。河身多的是曲折，上游是有名的拜伦潭——"Byron's Pool"——当年拜伦常在那里玩的；有一个老村子叫格兰骞斯德，有一个果子园，你可以躺在累累的桃李树荫下吃茶，花果会掉入你的茶杯，小雀子会到你桌上来啄食，那真是别有一番天地。这是上游；下游是从骞斯德顿下去，河面展开，那是春夏间竞舟的场所。上下河分界处有一个坝筑，水流急得很，在星光下听水声，听近村晚钟声，听河畔倦牛刍草声，是我康桥经验中最神秘的一种：大自然的优美、宁静，调谐在这星光与波光的默契中不期然地淹入了你的性灵。

但康河的精华是在它的中权，著名的"Backs"，这两岸是几个最蜚声的学院的建筑。从上面下来是Pembroke，St. Katharine's，King's，Clare，Trinity，St. John's。最令人流连的一节是克莱亚与王家学院的毗连处，克莱亚的秀丽紧邻着王家教堂（King's Chapel）的宏伟。别的地方尽有更美更庄严的建筑，例如巴黎赛因河的卢浮宫一带，威尼斯的利阿尔多大桥的两岸，翡冷翠维基乌大桥的周遭；但康桥的"Backs"自有它的特长，这不容易用一两个状词来概括，它那脱尽尘埃气的一种清澈秀逸的意境可说是超出了画图而化生了音乐的神味。再没有比这一群建筑更调谐更匀称的了！论画，可比的许只有柯罗（Corot）的田野；论音乐，可比的许只有肖邦（Chopin）的夜曲。就这，也不能给你依稀的印象，它给你的美感简直是神灵性的一种。

假如你站在王家学院桥边的那棵大椈树荫下眺望，右侧面，隔着一大方浅草坪，是我们的校友居（fellows building），那年代并不早，但它的妩媚也是不可掩的，它那苍白的石壁上春夏间满缀着艳色的蔷薇在和风中摇头，更移左是那教堂，森林似的尖阁不可浼的永远直指着天空；更左是克莱亚，啊！那不可信的玲珑的方庭，谁说这不是圣克莱亚（St. Clare）的化身，哪一块石上不闪耀着她当年圣洁的精神？在克莱亚后背隐约可辨的是康桥最潇贵最骄纵的三一学院（Trinity），它那临河的图书楼上坐镇着拜伦神采惊人的雕像。

但这时你的注意早已叫克莱亚的三环洞桥魔术似的摄住。你见过西湖白堤上的西泠断桥不是（可怜它们早已叫代表近代丑恶精神的汽车公司给铲平了，现在它们跟着苍凉的雷峰永远辞别了人间）？你忘不了那桥上斑驳的苍苔，木栅的古色，与那桥拱下泄露的湖光与山色不是？克莱亚并没有那样体面的衬托，它也不比庐山栖贤寺旁的观音桥，上瞰五老的奇峰，下临深潭与飞瀑；它只是怯伶伶的一座三环洞的小桥，它那桥洞间也只掩映着细纹的波鳞与婆娑的树影，它那桥上栉比的小穿兰与兰节顶上双双的白石球，也只是村姑子头上不夸张的香草与野花一类的装饰；但你凝神地看着，更凝神地看着，你再反省你的心境，看还有一丝屑的俗念沾滞不？只要你审美的本能不曾泯灭时，这是你的机会实现纯粹美感的神奇！

但你还得选你赏鉴的时辰。英国的天时与气候是走极端的。冬天是荒谬的坏，逢着连绵的雾盲天你一定不迟疑地甘愿进地狱本身去试试；春天（英国是几乎没有夏天的）是更荒谬的可爱，尤其是它那四五月间最渐缓最艳丽的黄昏，那才真是寸寸黄金。

在康河边上过一个黄昏是一服灵魂的补剂。啊！我那时蜜甜的单独，那时蜜甜的闲暇。一晚又一晚地，只见我出神似的倚在桥阑上向西天凝望——

看一回凝静的桥影，
数一数螺钿的波纹；

我倚暖了石阑的青苔，

青苔凉透了我的心坎……

还有几句更笨重的怎能仿佛那游丝似轻妙的情景：

难忘七月的黄昏，远树凝寂，

像墨泼的山形，衬出轻柔暝色，

密稠稠，七分鹅黄，三分橘绿，

那妙意只可去秋梦边缘捕捉……

四

　　这河身的两岸都是四季常青最葱翠的草坪。从校友居的楼上望去，对岸草场上，不论早晚，永远有十数匹黄牛与白马，胫蹄没在恣蔓的草丛中，从容地在咬嚼，星星的黄花在风中动荡，应和着它们尾鬃的扫拂。桥的两端有斜倚的垂柳与椆荫护住。水是澈底的清澄，深不足四尺，匀匀地长着长条的水草。这岸边的草坪又是我的爱宠，在清朝，在傍晚，我常去这天然的织锦上坐地，有时读书，有时看水；有时仰卧着看天空的行云，有时反扑着搂抱大地的温软。

　　但河上的风流还不止两岸的秀丽。你得买船去玩。船不止一种：有普通的双桨划船，有轻快的薄皮舟（canoe），有最别致的长形撑篙船（punt）。最末的一种是别处不常有的：约莫有二丈长，三尺宽，你站直在船艄上用长竿撑着走的。这撑是一种技术。我手脚太蠢，始终不曾学会。你初起手尝试时，容易把船身横住在河中，东颠西撞地狼狈。英国人是不轻易开口笑人的，但是小心他们不出声地坡眉！也不知有多少次河中本来优闲的秩序叫我这莽撞的外行给搅乱了。我真的始终不曾学会；每回我不服输跑去租船再试的时候，有一个白胡子的船家往往带讥讽地对我说："先生，这撑船费劲，天热累人，还是拿个薄皮舟溜溜吧！"我哪里肯听话，长篙子一点就把船撑了开去，结果还是把河身一段段地腰斩了去！

你站在桥上去看人家撑，那多不费劲，多美！尤其在礼拜天有几个专家的女郎，穿一身缟素衣服，裙裾在风前悠悠地飘着，戴一顶宽边的薄纱帽，帽影在水草间颤动，你看她们出桥洞时的姿态，捻起一根竟像没有分量的长竿，只轻轻地，不经心地往波心里一点，身子微微地一蹲，这船身便波地转出了桥影，翠条鱼似的向前滑了去。她们那敏捷，那闲暇，那轻盈，真是值得歌咏的。

在初夏阳光渐暖时你去买一只小船，划去桥边荫下躺着念你的书或是做你的梦，槐花香在水面上飘浮，鱼群的唼喋声在你的耳边挑逗。或是在初秋的黄昏，近着新月的寒光，望上流僻静处远去。爱热闹的少年们携着他们的女友，在船沿上支着双双的东洋彩纸灯，带着话匣子，船心里用软垫铺着，也开向无人迹处去享他们的野福——谁不爱听那水底翻的音乐在静定的河上描写梦意与春光！

住惯城市的人不易知道季候的变迁。看见叶子掉知道是秋，看见叶子绿知道是春；天冷了装炉子，天热了拆炉子；脱下棉袍，换上夹袍，脱下夹袍，穿上单袍；不过如此罢了。天上星斗的消息，地下泥土里的消息，空中风吹的消息，都不关我们的事。忙着哪，这样那样事情多着，谁耐烦管星星的移转，花草的消长，风云的变幻？同时我们抱怨我们的生活，苦痛，烦闷，拘束，枯燥，谁肯承认做人是快乐？谁不多少间咒诅人生？

但不满意的生活大都是由于自取的。我是一个生命的信仰者，我信生活绝不是我们大多数人仅仅从自身经验推得的那样暗惨。我们的病根是在"忘本"。人是自然的产儿，就比枝头的花与鸟是自然的产儿；但我们不幸是文明人，入世深似一天，离自然远似一天。离开了泥土的花草，离开了水的鱼，能快活吗？能生存吗？从大自然，我们取得我们的生命；从大自然，我们应分取得我们继续的滋养。哪一株婆娑的大木没有盘错的根柢深入在无尽藏的地里？我们是永远不能独立的。有幸福是永远不离母亲抚育的孩子，有健康是永远接近自然的人们。不必一定与鹿豕游，不必一定回"洞府"去；为医治我们当前生活的枯窘，只要"不完全遗忘自然"一张轻淡的药方，我们的病象就有缓和的希望。在青草里打几个滚，到海水里洗几次浴，到高处去看几次朝霞与晚照——你肩背上的负担就会轻松了去的。

这是极肤浅的道理，当然。但我要没有过过康桥的日子，我就不会有这样的自信。我这一辈子就只那一春，说也可怜，算是不曾虚度。就只那一春，我的生活是自然的，是真愉快的！（虽则碰巧那也是我最感受人生痛苦的时期。）我那时有的是闲暇，有的是自由，有的是绝对单独的机会。说也奇怪，竟像是第一次，我辨认了星月的光明，草的青，花的香，流水的殷勤。我能忘记那初春的睥睨吗？曾经有多少个清晨我独自冒着冷去薄霜铺地的林子里闲步——为听鸟语，为盼朝阳，为寻泥土里渐次苏醒的花草，为体会最微细最神妙的春信。啊，那是新来的画眉在那边凋不尽的青枝上试它的新声！啊，这是第一朵小雪球花挣出了半冻的地面！啊，这不是新来的潮润沾上了寂寞的柳条？

　　静极了，这朝来水溶溶的大道，只远处牛奶车的铃声，点缀这周遭的沉默。顺着这大道走去，走到尽头，再转入林子里的小径，往烟雾浓密处走去，头顶是交枝的榆荫，透露着漠楞楞的曙色；再往前走去，走尽这林子，当前是平坦的原野，望见了村舍，初青的麦田，更远三两个馒头形的小山掩住了一条通道。天边是雾茫茫的，尖尖的黑影是近村的教寺。听，那晓钟和缓的清音。这一带是此邦中部的平原，地形像是海里的轻波，默沉沉地起伏；山岭是望不见的，有的是常青的草原与沃腴的田壤。登那土阜上望去，康桥只是一带茂林，拥戴着几处娉婷的尖阁。妩媚的康河也望不见踪迹，你只能循着那锦带似的林木想象那一流清浅。村舍与树林是这地盘上的棋子，有村舍处有佳荫，有佳荫处有村舍。这早起是看炊烟的时辰：朝雾渐渐地升起，揭开了这灰苍苍的天幕（最好是微霰后的光景），远近的炊烟，成丝的，成缕的，成卷的，轻快的，迟重的，浓灰的，淡青的，惨白的，在静定的朝气里渐渐地上腾，渐渐地不见，仿佛是朝来人们的祈祷，参差地翳入了天听。朝阳是难得见的，这初春的天气。但它来时是起早人莫大的愉快。顷刻间这田野添深了颜色，一层轻纱似的金粉糁上了这草，这树，这通道，这庄舍。顷刻间这周遭弥漫了清晨富丽的温柔。顷刻间你的心怀也分润了白天诞生的光荣。"春！"这胜利的晴空仿佛在你的耳边私语。"春！"你那快活的灵魂也仿佛在那里回响。

……

伺候着河上的风光，这春来一天有一天的消息。关心石上的苔痕，关心败草里的花鲜，关心这水流的缓急，关心水草的滋长，关心天上的云霞，关心新来的鸟语。怯伶伶的小雪球是探春信的小使。铃兰与香草是欢喜的初声。窈窕的莲馨，玲珑的石水仙，爱热闹的克罗克斯，耐辛苦的蒲公英与雏菊——这时候春光已是烂漫在人间，更不须殷勤问讯。

瑰丽的春放。这是你野游的时期。可爱的路政，这里不比中国，哪一处不是坦荡荡的大道？徒步是一个愉快，但骑自转车是一个更大的愉快，在康桥骑车是普遍的技术；妇人，稚子，老翁，一致享受这双轮舞的快乐。（在康桥听说自转车是不怕人偷的，就为人人都自己有车，没人要偷。）任你选一个方向，任你上一条通道，顺着这带草味的和风，放轮远去，保管你这半天

的逍遥是你性灵的补剂。这道上有的是清荫与美草，随
地都可以供你休憩。你如爱花，这里多的是锦绣似的草
原。你如爱鸟，这里多的是巧啭的鸣禽。你如爱儿童，
这乡间到处是可亲的稚子。你如爱人情，这里多的是不
嫌远客的乡人，你到处可以"挂单"借宿，有酪浆与嫩
薯供你饱餐，有夺目的果鲜恣你尝新。你如爱酒，这乡
间每"望"都为你储有上好的新酿，黑啤如太浓，苹果
酒、姜酒都是供你解渴润肺的。……带一卷书，走十里
路，选一块清静地，看天，听鸟，读书，倦了时，和
身在草绵绵处寻梦去——你能想象更适情更适性的消
遣吗？

陆放翁有一联诗句："偶呼快马迎新月，却上轻舆
趁晚凉。"这是做地方官的风流。我在康桥时虽没马
骑，没轿子坐，却也有我的风流：我常常在夕阳西晒时
骑了车迎着天边扁大的日头直追。日头是追不到的，我
没有夸父的荒诞，但晚景的温存却被我这样偷尝了不
少。有三两幅画图似的经验至今还是栩栩地留着。只说
看夕阳，我们平常只知道登山或是临海，但实际只须辽
阔的天际，平地上的晚霞有时也是一样的神奇。有一次
我赶到一个地方，手把着一家村庄的篱笆，隔着一大田
的麦浪，看西天的变幻。有一次是正冲着一条宽广的大

道，过来一大群羊，放草归来的，偌大的太阳在它们后背放射着万缕的金辉，天上却是乌青青的，只剩这不可逼视的威光中的一条大路，一群生物，我心头顿时感着神异性的压迫，我真的跪下了，对着这冉冉渐翳的金光。再有一次是更不可忘的奇景，那是临着一大片望不到头的草原，满开着艳红的花，在青草里亭亭像是万盏的金灯，阳光从褐色云里斜着过来，幻成一种异样紫色，透明似的不可逼视，刹那间在我迷眩了的视觉中，这草田变成了……不说也罢，说来你们也是不信的！

一别二年多了，康桥，谁知我这思乡的隐忧？也不想别的，我只要那晚钟撼动的黄昏，没遮拦的田野，独自斜倚在软草里，看第一个大星在天边出现！

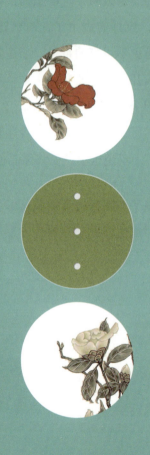

巴黎的书摊

——戴望舒

在滞留巴黎的时候，在羁旅之情中可以算作我的赏心乐事的有两件：一是看画，二是访书。在索居无聊的下午或傍晚，我总是出去，把我迟迟的时间消磨在各画廊中和河沿上的书摊。关于前者，我想在另一篇短文中说及，这里，我只想来谈一谈访书的情趣。

其实，说是"访书"，还不如说在河沿上走走或在街头巷尾的各旧书铺进出而已。我没有要觅什么奇书孤本的蓄心，再说，现在已不是在两个铜圆一本的木匣里翻出一本 Patissier francais 的时候了。我之所以这样做，无非为了自己的癖好，就是摩挲观赏一回空手而返，私心也是很满足的，况且薄暮的塞纳河又是这样地窈窕多姿！

我寄寓的地方是 Rue de L-Echaudé，走到塞纳河边的书摊，只须沿着塞纳路步行约莫三分钟就到了。但是我不大抄这近路，这样走的时候，塞纳路上的那些画廊总会把我的脚步牵住的。再说，我有一个从头看到尾的癖，我宁可兜远路顺着约可伯路，大学路一直走到巴克路，然后从巴克路走到王桥头。

　　塞纳河左岸的书摊，便是从那里开始的，从那里到加路赛尔桥，可以算是书摊的第一个地带，虽然位置在巴黎的贵族的第七区，却一点儿也找不出冠盖的气味来。在这一地带的书摊，大约可以分这几类：第一是卖廉价的新书的，大都是各书店出清的底货，价钱的确公道，只是要你会还价，例如旧书铺里要卖到五六百法郎的勒纳尔（J.Renard）的《日记》，在那里你只须花二百法郎光景就可以买到，而且是崭新的。我的加梭所译的赛尔房德思的《模范小说》，整批的《欧罗巴杂志丛书》，便都是从那儿买来的。这一类书在别处也有，只是没有这一带集中吧。其次是卖英文书的。这大概和附近的外交部或奥莱昂东站多少有点儿关系吧。可是这些英文书的买主却并不多，所以花两三个法郎从那些冷清清的摊子里把一本初版本的《万牲园里的一个人》带回寓所去，这种机会，也是常有的。第三是卖地道的古版书的，十七世纪的白羊皮面书，十八世纪饰花的皮脊书，等等，都小心地盛在玻璃的书框里，上了锁，不能任意地翻看，其他价值较次的古书，则杂乱地在木匣中堆积着，对着这一大堆你挨我挤着的古老的东西，真不知道如何下手。这种书摊前比较热闹一点儿，买书大多数是中年人或老人。这些书摊上的书，如果书摊主是知道值钱的，你便会被他敲了去，如果他不识货，你便占了便宜来。我曾经从那一带的一位很精明的书摊老板手里，花了五个法郎买到一本一七六五年初版本的 Du Laurens 的 *Imirce*，至今犹有得意之色：第一因为 *Imirce* 是一部禁书，其次这价钱实在太便宜也。第四类是卖淫书的，这种书摊在这一带上只有一两个，而所谓淫书者，实际也仅仅是表面的，骨子里并没有什么了不得，大都是现代人的东西，写来骗骗人的。记得靠近王桥的第一家书摊就是这一类的，老板娘是一个四五十岁的虔婆，当我有一回逗留了一下的时候，她就把我当作好主顾而怂恿我买，使我留下极坏的印象，以后就敬而远之了。其实那些地道的"珍秘"的书，如果你不愿出大价钱，还是要费力气角角落落去寻的。我曾在一家犹太人开的破货店里一大堆废书中，翻到过一本原文的 Cleland 的 *Fanny Hill*，只出了一个法郎买回来，真是意想不到的事。

从加路赛尔桥到新桥，可以算是书摊的第二个地带。在这一带，对面的美术学校和钱币局的影响是显著的。在这里，书摊老板是兼卖版画图片的，有时小小的书摊上挂得满目琳琅，原张的蚀雕，从书本上拆下的插图，戏院的招贴，花卉鸟兽人物的彩图，地图，风景片，大大小小各色俱全，反而把书列居次位了。在这些书摊上，我们是难得碰到什么值得一翻的书的，书都破旧不堪，满是灰尘，而且有一大部分是无用的教科书、展览会和画商拍卖的目录。此外，在这一带我们还可以发现两个专卖旧钱币、纹章等而不卖书的摊子，夹在书摊中间，做一个很特别的点缀。这些卖画卖钱币的摊子，我总是望望然而去之的（记得有一天一位法国朋友拉着我在这些钱币摊子前逗留了长久，他看得津津有味，我却委实十分难受，以后到河沿上走，总不愿和别人一道了）。然而在这一带却也有一两个很好的书摊子。一个摊子是一个老年人摆的，并不是他的书特别比别人丰富，却是他为人特别和气，和他交易，成功的回数居多。我有一本高克多（Cocteau）亲笔签字赠给诗人费尔囊·提华尔（Fernand Divoire）的 *Le Grand Ecart*，便是从他那儿以极廉的价钱买来的，而我在加里马尔书店买的高克多亲笔签名赠给诗人法尔格（Fargue）的初版本 *Opera*，却使我花了七十法郎。但是我相信这是他错给我的，因为书是用蜡纸包封着，他没有拆开来看一看；看见了那献辞的时候，他也许不会这样便宜卖给我。另一个摊子是一个青年人摆的，书的选择颇精，大都是现代作品的初版和善本，所以常常得到我的光顾。我只知道这青年人的名字叫昂德莱，因为他的同行们这样称呼他，人很圆滑，自言和各书店很熟，可以弄得到价廉物美的后门货，如果顾客指定要什么书，他都可以设法。可是我请他弄一部《纪德全集》，他始终没有给我办到。

可以划在第三地带的是从新桥经过圣米式尔场到小桥这一段。这一段是塞纳河左岸书摊中的最繁荣的一段。在这一带，书摊都比较整齐一点儿，而且方便也多一点儿，太太们家里没事想到这里来找几本小说消闲，也有；学生们贪便宜想到这里来买教科书参考书，也有；文艺爱好者到这里来寻几本新出版的书，也有；学者们要研究书，藏书家要善本书，猎奇者要珍秘书，都可以在这一带获得满意而回。在这一带，书价是要比他处高一些，然而总比到旧书铺里去买便宜。健吾兄觅了长久才在圣米式尔场的一家旧书店中觅到了一部《龚果尔日记》，花了六百法郎喜欣欣地捧了回去，以为便宜万分，可是在不久之后我就在这一带的一个书摊上发现了同样的一部，而装订却考究得多，索价就只要二百五十法郎，使他悔之不及。可是这种事是可遇而不可求的，跑跑旧书摊的人第一不要抱什么一定的目的，第二要有闲暇有耐心，翻得有劲儿便多翻翻，翻倦了便看看街头熙来攘往的行人，看看旁边塞纳河静静的逝水，否则跑得腿酸汗流，眼花神倦，还是一场没结果回去。话又说远了，还是来说这一带的书摊吧，我说这一带的书较别带为贵，也不是胡说的，例如整套的 *Echanges* 杂志，在第一地带中买只须十五个法郎，这里却一定要二十个，少一个不卖；当时新出版原价是二十四法郎的 Celine 的 *Voyage au bout de la nuit*，在那里买也非十八法郎不可，竟只等于原价的七五折。这些情形有时会令人生气，可是为了要读，也不得不买回去。价格最高的是靠近圣米式尔场的那两个专卖教科书参考书的摊子。学生们为了要用，也不得不硬了头皮去买，总比买新书便宜点儿。我从来没有做过这些摊子的主顾，反之他们倒做过我的主顾。因为我用不着的参考书，在穷极无聊的时候总是拿去卖给他们的。这里，我要说一句公平话：他们所给的价钱的确比季倍尔书店高一点儿。这一带专卖近代善本书的摊子只有一个，在过了圣米式尔场不远快到小桥的地方。摊主是一个不大开口的中年人，价钱也不算顶贵，只是他一开口你就莫想还价，就是答应你也还是相差有限的，所以看着他陈列

着的《泊鲁思特全集》，插图的《天方夜谭》全译本，
Chirico 插图的阿保里奈尔的 *Calligrammes*，也只好眼红
而已。在这一带，诗集似乎比别处多一些，名家的诗集
花四五个法郎就可以买一册回去。至于较新一点儿的诗
人的集子，你只要到一法郎或甚至五十生丁的木匣里去
找就是了。我的那本仅印百册的 Jean Gris 插图的 Reverdy
的《沉睡的古琴集》，超现实主义诗人 Gui Rosey 的
《三十年战争集》，等等，便都是从这些廉价的木匣子里
翻出来的。还有，我忘记说了，这一带还有一两个专卖
乐谱的书铺，只是对于此道我是门外汉，从来没有去领
教过罢了。

从小桥到须里桥那一段，可以算是河沿书摊的第四
地带，也就是最后的地带。从这里起，书摊便渐渐地趋
于冷落了。在近小桥的一带，你还可以找到一点儿你所
需要的东西，例如有一个摊子就有大批 N.R.P. 和 Grasset
出版的书，可是那位老板娘讨价却实在太狠，定价十五
法郎的书总要讨你十二三个法郎，而且又往往要自以为
在行，凡是她心目中的现代大作家，如摩里阿克、摩洛
阿、爱眉（Ayme）等，就要敲你一笔竹杠，一点儿也
不肯让价；反之，像拉尔波、茹昂陀、拉第该、阿朗
等优秀作家的作品，她倒肯廉价卖给你。从小桥一带再

走过去，便每况愈下了。起先是虽然没有什么好书，但
总还能维持河沿书摊的尊严的摊子，以后呢，卖破旧不
堪的通俗小说杂志的也有了，卖陈旧的教科书和一无用
处的废纸的也有了，快到须里桥那一带，竟连卖破铜烂
铁，旧摆设，假古董的也有了；而那些摊子的主人呢，
他们的样子和那在下面塞纳河岸上喝劣酒，钓鱼或睡午
觉的街头巡阅使（Clochard），简直就没有什么大两样。
到了这个时候，巴黎左岸书摊的气运已经尽了，你的腿
也走乏了，你的眼睛也看倦了，如果你袋中尚有余钱，
你便可以到圣日耳曼大街口的小咖啡店里去坐一会儿，
喝一杯儿热热的浓浓的咖啡，然后把你沿路的收获打开
来，预先摩挲一遍，否则如果你已倾了囊，那么你就走
上须里桥去，倚着桥栏，俯看那满载着古愁并饱和着圣
母祠的钟声的，塞纳河的悠悠的流水，然后在华灯初上
之中，闲步缓缓归去，倒也是一个经济而又有诗情的
办法。

　　说到这里，我所说的都是塞纳河左岸的书摊，至
于右岸的呢，虽则有从新桥到沙德莱场，从沙德莱场到
市政厅附近这两段，可是因为传统的关系，因为所处的
地位的关系，也因为货色的关系，它们都没有左岸的
重要。只在走完了左岸的书摊尚有余兴的时候或从卢

佛尔（Louvre）出来的时候，我才顺便去走走，虽然间有所获，如查拉的L'homme approximatif或卢梭（Henri Rousseau）的画集，但这是极其偶然的事；通常，我不是空手而归，便是被那街上的鱼虫花鸟店所吸引了过去。所以，原意去"访书"而结果买了一头红颈雀回来，也是有过的事。

西班牙旅行记之三

——戴望舒

夜间十二点半从鲍尔陀开出的急行列车，在清晨六点钟到了法兰西和西班牙的边境伊隆。在朦胧的意识中，我感到急骤的速率宽弛下来，终于静止了。有人在用法西两国语言报告着："伊隆，大家下车！"

睁开睡眼向车窗外一看，呈在我眼前的只是一个像法国一切小车站一样的小车站而已。冷清清的月台，两三个似乎还未睡醒的搬运夫，几个态度很舒闲地下车去的旅客。我真不相信我已到了西班牙的边境了，但是一个声音却在更响亮地叫过来：

——"伊隆，大家下车！"

匆匆下了车，我第一个感到的就是有点儿寒冷。是侵晓的冷气呢，是新秋的薄寒呢，还是从比雷奈山间夹着雾吹过来的山风？我翻起了大氅的领，提着行囊就往出口走。

走出这小门就是一间大敞间，里面设着一圈行李检查台和几道低木栅，此外就没有什么别的东西。这是法兰西和西班牙的交界点，走过了这个敞间，那便是西班牙了。我把行李照别的旅客一样地放在行李检查台上，便有一个检查员来翻看了一阵，问我有什么报税的东西，接着在我的提箱上用粉笔画了一个字，便打发我走了。再走上去是护照查验处。那是一个像车站上卖票处一样的小窗洞。电灯下面坐着一个留着胡子的中年人。单看他的炯炯有光的眼睛和他手头的那本厚厚的大册子，你就会感到不安了。我把护照递给了他。他翻开来看了看里昂西班牙领事的签字，把护照上的照片看了一下，向我好奇地看了一眼，问了我一声到西班牙的目的，把我的姓名录到那本大册子中去，在护照上捺了印；接着，和我最初的印象相反地，他露出微笑来，把护照交还了我，依然微笑着对我说："西班牙是一个可爱的地方，到了那里你会不想回去呢。"

真的，西班牙是一个可爱的地方，连这个护照查验员也有他的固有的可爱的风味。

这样地，经过了一重木栅，我踏上了西班牙的土地。

过了这一重木栅，便好像一切都改变了：招纸、揭示牌都用西班牙文写着，那是不用说的，就是刚才在行李检查处和搬运夫用沉浊的法国南部语音开着玩笑的工人型的男子，这时也用清朗的加斯谛略语和一个老妇人交谈起来。天气是显然地起了变化，暗沉沉的天空已澄碧起来，而在云里透出来的太阳，也驱散了刚才的薄寒，而带来了温煦。然而最明显的改变却是在时间上。在下火车的时候，我曾经向站上的时钟望过一眼：六点零一分。检查行李、验护照等事，大概要花去我半小时，那么现在至少是要六点半了吧。并不如此。在西班牙的伊隆站的时钟上，时针明明地标记着五点半。事实是西班牙的时间和法兰西的时间因为经纬度的不同而相差一小时，而当时在我的印象中，却觉得西班牙是永远比法兰西年轻一点儿。

因为是五点半，所以除了搬运夫和洒扫工役已开始活动外，车站上还是冷清清的。卖票处，行李房，兑换处，书报摊，烟店等都没有开，旅客也疏朗朗地没有几个。这时，除了枯坐在月台的长椅上或在站上往来蹀躞以外，你是没有办法消磨时间的。到蒲尔哥斯的快车要在八点二十分才开。到伊隆镇上去走一圈呢，带着行李究竟不大方便，而且说不定要走多少路，再说，这样大清早就是跑到镇上也是没有什么多大意思的。因此，把行囊散在长椅上，我便在这个边境的车站上踱起来了。

如果你以为这个国境的城市是一个险要的地方，扼守着重兵，活动着国际间谍，压着国家的、军事的大秘密，那么你就错误了。这只是一个消失在比雷奈山边的西班牙的小镇而已。提着筐子，筐子里盛着鸡鸭，或是肩着箱笼，三三两两地来乘第一班火车的，是头上裹着包头布的山村的老妇人，面色黝黑的农民，白了头发的老匠人，像是学徒的孩子。整个西班牙小镇的灵魂都可以在这些小小的人物身上找到。而这个小小的车站，它也何尝不是十足西班牙的呢？灰色的砖石，黯黑的木柱子，已经有点儿腐蚀了的洋船遮檐，贴在墙上在风中飘着的斑驳的招纸，停在车站尽头处的破旧的货车：这一切都向你说着西班牙的式微、安命、坚忍。西德（Cid）的西班牙，侗黄（Don Juan）的西班牙，吉诃德（Quixote）的西班牙，大仲马或梅里美心目中的西班牙，现在都已过去了，或者竟可以说本来就没有存在过。

的确，西班牙的存在是多方面的。第一是一切旅行指南和游记中的西班牙，那就是说历史上的和艺术上的西班牙。这个西班牙浓厚地渲染着釉彩，充满了典型人物。在音乐上，绘画上，舞蹈上，文学上，西班牙都在这个面目之下出现于全世界，而做着它的正式代表。一般人对于西班牙的观念，也是由这个代表者而引起的。当人们提起西班牙的时候，你立刻会想到蒲尔哥斯的大伽蓝，格腊拿达的大食故宫，斗牛，当歌舞（Tango），侗黄式的浪子，吉诃德式的梦想者！塞赖丝谛拿（La Celestina）式的老虔婆，珈尔曼式的吉卜赛女子，扇子，披肩巾，罩在高冠上的遮面纱，等等，而勉强西班牙人做了你的想象的受难者；而当你到了西班牙而见不到那些开着悠久的岁月的绣花的陈迹，传说中的人物，以及你心目中的西班牙固有产物的时候，你会感到失望而作"去年白雪今安在"之喟叹。然而你要知道这是最表面的西班牙，它的实际的存在是已经在一片迷茫的烟雾之中，而行将只在书史和艺术作品中赓续它的生命了。西班牙的第二个存在是更卑微一点儿，更穆静一点儿。那便是风景的西班牙。的确，在整个欧罗巴洲之中，西班牙是风景最胜、最多变化的国家。恬静而笼着雾和阴影的伐斯各尼亚，典雅而充溢着光辉的加斯谛拉，雄警而壮阔的昂达鲁西亚，煦和而明朗的伐朗西亚，会使人"感到心被窃获了"的清澄的喀达鲁涅。在西班牙，我们几乎可以看到欧洲每一个国家的典型。或则草木葱茏，山川明媚；或则大山苪嵬，峭壁幽深；或则古堡荒寒，困焦幽独；或则千圜澄碧，百里花香……这都是能使你目不暇给，而至于流连忘返的。这是更有

实际的生命，具有易解性（除非是村夫俗子）而容易取
好于人的西班牙。因为它开拓了你对于自然之美的爱好
之心，而使你衷心地生出一种舒徐的、悠长的、寂寥的
默想来。然而最真实的，最深沉的，因而最难以受人了
解的却是西班牙的第三个存在。这个存在是西班牙的底
奥，它蕴藏着整个西班牙，用一种静默的语言向你说着
整个西班牙，代表着它的每日生活，象征着它的永恒的
灵魂。这个西班牙的存在是卑微以至于闪避你的注意，
静默至于好像绝灭，可是如果你能够留意观察，用你的
小心去理解，那么你就可以把握住这个卑微而静默的存
在，特别是在那些小城中。这是一个式微的，悲剧的，
现实的存在，没有光荣，没有梦想。现在，你在清晨或
是午后走进任何一个小城去吧。你在狭窄的小路上，在
深深的平静中徘徊着。阳光从静静的闭着门的阳台上坠
下来，落着一个砌着碎石的小方场。什么也不来搅扰这
寂静；街坊上的叫卖声在远处寂灭了，寺院的钟声已消
沉下去了。你穿过小方场，经过一个作坊，一切任何作
坊，铁匠的、木匠的或羊毛匠的。你伫立一会儿，看着
他们带着那一种的热心、坚忍和爱操作着；你来到一所
大屋子前面：半开着的门已朽腐了，门环上满是铁锈，
涂着石灰的白墙已经斑驳或生满黑霉了，从门间，你望
见了被野草和草苔所侵占了的院子。你当然不推门进

去，但是在这墙后面，在这门里面，你会感到有苦痛、沉哀或不遂的愿望静静地躺着。你再走上去，街路上依然是沉静的，一个喷泉淙淙地响着，三两只鸽子振羽作声。一个老妇扶着一个女孩伛偻着走过。寺院的钟迟迟地响起来了，又迟迟地消歇了。……这就是最深沉的西班牙，它过着一个寒碜、静默、坚忍而安命的生活，但是它却具有怎样的使人充塞了深深的爱的魅力啊。而这个小小的车站呢，它可不是也将这奥秘的西班牙呈显给我们看了吗？

当我在车站上来往蹀躞着的时候，我心中这样地思想着。在不知不觉之中，车站中已渐渐地有生气起来了。卖票处，兑换处，烟摊，报摊，都已陆续地开了门，从镇上来的旅客们，也开始用他们的嘈杂的语音充满了这个小小的车站了。

我从我的沉思中走了出来，去换了些西班牙钱，到卖票处去买了里程车票，出来买了一份昨天的《太阳报》（EI Sol），一包烟，然后回到安放着我的手提箱的长椅上去。

长椅上已有人坐着了，一个老妇人和几个孩子。一个，两个，三个，四个……一共是四个孩子。而且最大的一个十二岁的孩子，已经在开始一张一张地撕去那贴在我提箱上的各地旅馆的贴纸了。我移开箱子坐了下来。这时候，便有两个在我看来很别致的人物出现了。

那是邮差，军人，和京戏上所见的文官这三种人物的混合体。他们穿着绿色的制服，佩着剑，头面上却戴着像乌纱帽一般的黑色漆布做的帽子。这制服的色彩和灰暗而笼罩着阴阴的尼斯各尼亚的土地以及这个寒碜的小车站，显着一种异样的不调和，那是不用说的；而就是在一身之上，这制服，佩剑，和帽子之间，也表现着绝端的不一致。"这是西班牙固有的驳杂的一部分吧。"我这样想。

七点钟了。开到了一列火车，然而这是到桑当德尔（Santander）去的。火车开了，车站一时又清冷起来。要等到八点二十分呢。

我静穆地望着铁轨，目光随着那在初阳之下闪着光的两条铁路的线伸展过去，一直到了迷茫的天际；在那里，我的神思便飘举起来了。

威尼斯

——朱自清

威尼斯（Venice）是一个别致地方。出了火车站，你立刻便会觉得：这里没有汽车，要到那儿，不是搭小火轮，便是雇"刚朵拉"（Gondola）。大运河穿过威尼斯像反写的 S，这就是大街。另有小河道四百十八条，这些就是小胡同。轮船像公共汽车，在大街上走；"刚朵拉"是一种摇橹的小船，威尼斯所特有，它哪儿都去。威尼斯并非没有桥；三百七十八座，有的是。只要不怕转弯抹角，哪儿都走得到，用不着下河去。可是轮船中人还是很多，"刚朵拉"的买卖也似乎并不坏。

　　威尼斯是"海中的城"，在意大利半岛的东北角上，是一群小岛，外面一道沙堤隔开亚得里亚海。在圣马克方场的钟楼上看，团花簇锦似的东一块西一块在绿波里荡漾着。远处是水天相接，一片茫茫。这里没有什么煤烟，天空干干净净；在温和的日光中，一切都像透明的。中国人到此，仿佛在江南的水乡；夏初从欧洲北部来的，在这儿还可看见清清楚楚的春天的背影。海水那么绿，那么酽，会带你到梦中去。

　　威尼斯不单是明媚，在圣马克方场走走就知道。这个方场南面临着一道运河，场中偏东南便是那可以望远的钟楼。威尼斯最热闹的地方是这儿，最华妙庄严的地方也是这儿。除了西边，围着的都是三百年以上的建筑，东边居中是圣马克堂，却有了八九百年——钟楼便在它的右首。再向右是"新衙门"；教堂左首是"老衙门"。这两溜儿楼房的下一层，现在满开了铺子。铺子前面是长廊，一天到晚是来来去去的人。紧接着教堂，直伸向运河去的是公爷府；这个一半属于小方场，另一半便属于运河了。

　　圣马克堂是方场的主人，建筑在十一世纪，原是拜占庭式，以直线为主。十四世纪加上戈昔式的装饰，如尖拱门等；十七世纪又掺入文艺复兴期的装饰，如栏杆等。所以庄严华妙，兼而有之；这正是威尼斯人的漂亮劲儿。教堂里屋顶与墙壁上满是碎玻璃嵌成的画，大概是真金色的地，蓝色和红色的圣灵像。这些像做得非常肃穆。教堂的地是用大理石铺的，颜色花样种种不同。在那种空阔阴暗的氛围中，你觉得伟丽，也觉得森严。

　　教堂左右那两溜儿楼房，式样各别，并不对称；钟楼高三百二十二英尺，也偏在一边儿。但这两溜房子都是三层，都有许多拱门，恰与教堂的门面与圆顶相称；又都是白石造成，越衬出教堂的金碧辉煌来。教堂右边是向运河去的路，是一个小方场，本来显得空阔些，钟楼恰好填了这个空子。好像我们戏里大将出场，后面一杆旗子总是偏着取势；这方场中的建筑，节奏其实是和谐不过的。十八世纪意大利卡纳莱托（Canaletto）一派画家专画威尼斯的建筑，取材于这方场的很多。德国德莱司敦画院中有几张，真好。公爷府里有好些名人的壁画和屋顶画，丁陶来陀（Tindtoretto，十六世纪）的大画《乐园》最著名；但更重要的是它建筑的价值。运河上有了这所房子，增加了不少颜色。这全然是戈昔式；动工在九世纪初，以后屡次遭火，屡次重修，现在的据说还是原来的式样。最好看的是它的西南两面；西面斜对着圣马克方场，南面正在运河上。在运河里看，真像在画中。它也是三层：下两层是尖拱门，一眼看去，无数的柱子。最下层的拱门简单疏阔，是载重的样子；上一层便繁密得多，为装饰之用；最上层却更简单，一根柱子没有，除了疏疏落落的窗和门之外，都是整块的墙面。墙面上用白的与玫瑰红的大理石砌成素朴的方纹，在日光里鲜明得像少女一般。威尼斯人真不愧着色的能手。这所房子从运河中看，好像在水里。下两层是玲珑的架子，上一层才是屋子；这是很巧的结构，加上那艳而雅的颜色，令人有惝恍迷离之感。府后有太息桥；从前一边是监狱，一边是法院，狱囚提讯须过这里，所以得名。拜伦诗中曾咏此，因而便脍炙人口起来，其实也只是近世的东西。

威尼斯的夜曲是很著名的。夜曲本是一种抒情的曲子，夜晚在人家窗下随便唱。可是运河里也有：晚上在圣马克方场的河边上，看见河中有红绿的纸球灯，便是唱夜曲的船。雇了"刚朵拉"摇过去，靠着那个船停下，船在水中间，两边挨次排着"刚朵拉"，在微波里荡着，像是两只翅膀。唱曲的有男有女，围着一张桌子坐，轮到了便站起来唱，旁边有音乐和着。曲词自然是意大利语，意大利的语音据说最纯粹，最清朗。听起来似乎的确斩截些，女人的尤其如此——意大利的歌女是出名的。音乐节奏繁密，声情热烈，想来是最流行的"爵士乐"。在微微摇摆的红绿灯球底下，颤着醉醺醺的歌喉，运河上一片朦胧的夜也似乎透出玫瑰红的样子。唱完几曲之后，船上有人跨过来，反拿着帽子收钱，多少随意。不愿意听了，还可摇到第二处去。这个略略像当年的秦淮河的光景，但秦淮河却热闹得多。

从圣马克方场向西北去，有两个教堂在艺术上是很重要的。一个是圣罗珂堂，旁边有一所屋子，墙上屋顶上满是画；楼上下大小三间屋，共六十二幅画，是丁陶来陀的手笔。屋里暗极，只有早晨看得清楚。丁陶来陀作画时，因地制宜，大部分只粗粗勾勒，利用阴影，叫人看了觉得是几经琢磨似的。《十字架》一幅在楼上小屋内，力量最雄厚。佛拉利堂在圣罗珂近旁，有大画家铁沁（Titian，十六世纪）和近代雕刻家卡奴洼（Canova）的纪念碑。卡奴洼的，灵巧，是自己打的样子；铁沁的，宏壮，是十九世纪中叶才完成的。他的《圣处女升天图》挂在神坛后面，那朱红与亮蓝两种颜色鲜明极了，全幅气韵流动，如风行水上。乔凡尼·贝利尼（Giovanni Bellini，十五世纪）的《圣母像》，也是他的精品。他们都还有别的画在这个教堂里。

从圣马克方场沿河直向东去，有一处公园；从一八九五年起，每两年在此地开国际艺术展览会一次。今年是第十八届；加入展览的有意、荷、比、西、丹、法、英、奥、苏俄、美、匈、瑞士、波兰十三国，意大利的东西自然最多，种类繁极了；未来派立体派的图画雕刻，都可见到，还有别的许多新奇的作品，说不出路数。颜色大概鲜明，叫人眼睛发亮；建筑也是新式，简洁不啰唆，痛快之至。苏俄的作品不多，大概是工农生

活的表现，兼有沉毅和高兴的调子。他们也用鲜明的颜
色，但显然没有很费心思在艺术上，作风老老实实，并
不向牛犄角里寻找新奇的玩意儿。

威尼斯的玻璃器皿，刻花皮件，都是名产，以典丽
风华胜，缂丝也不错。大理石小雕像，是著名大品的缩
本，出于名手的还有味。

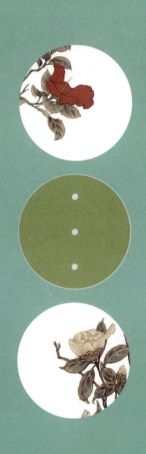

荷 兰

————朱自清

一个在欧洲没住过夏天的中国人，在初夏的时候，上北国的荷兰去，他简直觉得是新秋的样子。淡淡的天色，寂寂的田野，火车走着，像没人理会一般。天尽头处偶尔看见一架半架风车，动也不动的，像向天揸开的铁手。在瑞士走，有时也是这样一劲儿的静；可是这儿的肃静，瑞士却没有。瑞士大半是山道，窄狭的，弯曲的，这儿是一片广原，气象自然不同。火车渐渐走近城市，一溜房子看见了。红的黄的颜色，在那灰灰的背景上，越显得鲜明照眼。那尖屋顶原是三角形的底子，但左右两边近底处各折了一折，便多出两个角来；机伶里透着老实，像个小胖子，又像个小老头儿。

　　荷兰人有名地会盖房子。近代谈建筑，数一数二是荷兰人。快到罗特丹（Rotterdam）的时候，有一家工厂，房屋是新样子。房子分两截，近处一截是一道内曲线，两大排玻璃窗子反射着强弱不同的光。接连着的一截是比较平正些的八层楼，窗子也是横排的。"楼梯

间"满用玻璃，外面既好看，上楼又明亮好走，比旧式
阴森森的楼梯间，只在墙上开着小窗户的自然好多了。
整排不断的横窗户也是现代建筑的特色；靠着钢骨水
泥，才能这样办。这家工厂的横窗户有两个式样，窗宽
墙窄是一式，墙宽窗窄又是一式。有人说这种墙和窗子
像面包夹火腿；但哪是面包哪是火腿却弄不明白。又有
人说这种房子仿佛满支在玻璃上，老叫人疑心要倒塌似
的。可是我只觉得一条条连接不断的横线都有大气力，
足以支撑这座大屋子而有余，而且一眼看下去，痛快
极了。

海牙和平宫左近，也有不少新式房子，以铺面
为多，与工厂又不同。颜色要鲜明些，装饰风也要重
些，大致是清秀玲珑的调子。最精致的要数那一座"大
厦"，是分租给人家住的，是不规则的几何形。约莫居
中是高耸的通明的楼梯间，界划着黑钢的小方格子。一
边是长条子，像伸着的一只胳膊；一边是方方的。每层
楼都有栏杆，长的那边用蓝色，方的那边用白色，衬着
淡黄的窗子。人家说荷兰的新房子就像一只轮船，真不
错。这些栏杆正是轮船上的玩意儿。那梯子间就是烟囱
了。大厦前还有一个狭长的池子，浅浅的，尽头处一座
雕像。池旁种了些花草，散放着一两张椅子。屋子后面

没有栏杆，可是水泥墙上简单的几何形的界划，看了也非常爽目。那一带地方很宽阔，又清静，过午时大厦满在太阳光里，左近一些碧绿的树掩映着，叫人舍不得走。阿姆斯特丹（Amsterdam）的新式房子更多。皇宫附近的电报局，样子打得巧，斜对面那家电气公司却一味地简朴；两两相形起来，倒有点儿意思。别的似乎都赶不上这两所好看。但"新开区"还有整大片的新式建筑，没有得去看，不知如何。

荷兰人又有名地会画画。十七世纪的时候，荷兰脱离了西班牙的羁绊，渐渐地兴盛，小康的人家多起来了。他们衣食既足，自然想着些风雅的玩意儿。那些大幅的神话画宗教画，本来专供装饰宫殿小教堂之用。他们是新国，用不着这些。他们只要小幅头画着本地风光的。人像也好，风俗也好，景物也好，只要"荷兰的"就行。在这些画里，他们亲亲切切地看见自己。要求既多，供给当然跟着。那时画是上市的，和皮鞋与蔬菜一样，价钱也差不多。就中风俗画（genre picture）最流行。直到现在，一提起荷兰画家，人总容易想起这种画。这种画的取材是极平凡的日常生活；而且限于室内，采的光往往是灰暗的。这种材料的生命在亲切有味或滑稽可喜。一个卖野味的铺子可以成功一幅画，一顿饭也可以成功一幅画。有些滑稽太过，便近乎低级趣味。譬如海牙莫瑞泰斯（Mauritshuis）画院所藏的莫兰那（Molenaer）画的《五觉图》。《嗅觉》一幅更奇，画一妇人捧着小孩，他正在拉矢。《触觉》一幅更奇，画一妇人坐着，一男人探手入她的衣底；妇人便举起一只鞋，要向他的头上打下去。这画院里的名画却真多。陀（Dou）的《年轻的管家妇》，琐琐屑屑地画出来，没有一些地方不熨帖。波特（Potter）的《牛》工极了，身上一个蝇子都没有放过，但是活极了，那牛简直要从墙上缓缓地走下来；布局也单纯得好。维米尔（Vermeer）画他本乡德尔夫特（Delft）的风景一幅，充分表现那静肃的味道。他是小风景画家，以善分光影和精于布局著名。风景画取材杂，要安排得停当是不容易的。荷兰画像，哈司（Hals）是大师。但他的好东西都在他故乡哈勒姆（Haarlem），别处见不着。阿姆斯特丹的力克士博物院（Ryks Museum）中有他一幅《俳优》，是一个弹着琵琶的人，神气颇足。这些都是十七世纪的画家。

但是十七世纪荷兰最大的画家是伦勃朗（Rembrandt）。他与一般人不同，创造了个性的艺术；将自己的思想感情，自己这个人放进他画里去。他画画不再伺候人，即使画人像，画宗教题目，也还分明地见出自己。十九世纪艺术的浪漫运动只承认表现艺术家的个性的作品有价值，便是他的影响。他领略到精神生活里神秘的地方，又有深厚的情感。最爱用一片黑做背景；但那黑是活的不是死的。黑里渐渐透出黄黄的光，像压着的火焰一般；在这种光里安排着他的人物。像这样的光影的对照是他的绝技；他的神秘与深厚也便从这里见出。这不仅是浮泛的幻想，也是贴切的观察；在他作品里梦和现实混在一块儿。有人说他从北国的烟云里悟出了画理，那也许是真的。他会看到氤氲的底里去。他的画像最能表现人的心理，也便是这个缘故。

莫瑞泰斯里有他的名作《解剖班》《西面在圣殿中》。前一幅写出那站着在说话的大夫从容不迫的样子。一群学生围着解剖台，有些坐着，有些站着；猫着腰的，侧着身子的，直挺挺站着的，应有尽有。他们的头，或俯或仰，或偏或正，没有两个人相同。他们的眼看着尸体，看着说话的大夫，或无所属，但都在凝神听话。写那种专心致志的光景，惟妙惟肖。后一幅写殿宇的庄严，和参加的人的圣洁与和蔼，一种虔敬的空气弥漫在画面上，叫人看了会沉静下去。他的另一杰作《夜巡》在力克士博物院里。这里一大群武士，都拿了兵器在守望着敌人。一位爵爷站在前排正中间，向着旁边的弁兵有所吩咐；别的人有的在眺望，有的在指点，有的在低低地谈论，右端一个打鼓的，人和鼓都只露了一半；他似乎焦急着，只想将槌子敲下去。左端一个人也在忙忙地伸着右手整理他的枪口。他的左胳膊底下钻出一个孩子，露着惊惶的脸。人物的安排，交互地用疏密与明暗；乍看不匀称，细看再匀称没有。这幅画里光的运用最巧妙；那些浓淡浑析的地方，便是全画的精神所在。伦勃朗是雷登（Leyden）人，晚年住在阿姆斯特丹。他的房子还在，里面陈列着他的腐刻画与钢笔毛笔画。腐刻画是用药水在铜上刻出画来，他是大匠手；钢笔画毛笔画他也擅长。这里还有他的一座铜像，在用他的名字的广场上。

海牙是荷兰的京城，地方不大，可是清静。走在街上，在淡淡的太阳光里，觉得什么都可以忘记了的样子。城北尤其如此。新的和平宫就在这儿，这所屋是一个人捐了做国际法庭用的。屋不多，里面装饰得很好看。引导人如数家珍地指点着，告诉游客这些装饰品都是世界各国捐赠的。楼上正中一间大会议厅，他们称为日本厅；因为三面墙上都挂着日本的大幅的缂丝，而这几幅东西是日本用了多少多少人在不多的日子里特地赶做出来给这所和平宫用的。这几幅都是花鸟，颜色鲜明，织得也细致；那日本特有的清丽的画风整个儿表现着。中国送的两对景泰蓝的大壶（古礼器的壶）也安放在这间厅里。厅中间是会议席，每一张椅子背上有一个缎套子，绣着一国的国旗；那国的代表开会时便坐在这里。屋左屋后是花园；亭子，喷水，雕像，花木等，错综地点缀着，明丽深曲兼而有之。也不十二分大，却老像走不尽的样子。从和平宫向北去，电车在稀疏的树林子里走。满车中绿荫荫的，斑驳的太阳光在车上在地下跳跃着过去。不多一会儿就到海边了。海边热闹得很，玩儿的人来往不绝。长长的一带沙滩上，满放着些藤篓子——实在是些轿式的藤椅子，预备洗完澡坐着晒太阳的。这种藤篓子的顶像一个瓢，又圆又胖，那拙劲儿真好。更衣的小木屋也多。大约天气还冷，沙滩上只看见零零落落的几个人。那北海的海水白白地展开去，没有一点儿风涛，像个顶听话的孩子。

阿姆斯特丹在海牙东北，是荷兰第一个大城。自然不及海牙清静。可是河道多，差不多有一道街就有一道河，是北国的水乡；所以有"北方威尼斯"之称。桥也有三百四十五座，和威尼斯简直差不多。河道宽阔干净，却比威尼斯好；站在桥上顺着河望过去，往往水木明瑟，引着你一直想见最远最远的地方。阿姆斯特丹东北有一个小岛，叫马铿（Marken）岛，是个小村子。那边的风俗服装古里古怪的，你一脚踏上岸就会觉得回到中世纪去了。乘电车去，一路经过两三个村子。那是个阴天。漠漠的风烟，红黄相间的板屋，正在旋转着让船过去的轿，都叫人耳目一新。到了一处，在街当中下了车，由人指点着找着了小汽轮。海上坦荡荡的，远处一架大风车在慢慢地转着。船在斜风细雨里走，渐渐从朦胧里看见马铿岛。这个岛真正"不满眼"，一道堤低低地环绕着。据说岛只高出海面几尺，就仗着这一点儿堤挡住了那茫茫的海水。岛上不过二三十份人家，都是尖顶的板屋；下面一律搭着架子，因为隔水太近了。板屋是红黄黑三色相间着，每所都如此。岛上男人未多见，也许打鱼去了；女人穿着红黄白蓝黑各色相间的衣裳，和她们的屋子相配。总而言之，一到了岛上，虽在黯淡的北海上，眼前却亮起来了。岛上各家都预备着许多纪念品，争着将游客让进去，也有装了一大柳条筐，一手抱着孩子，一手挽着筐子在路上兜售的。自然做这些事的都是些女人。纪念品里有些玩意儿不坏：如小木鞋，像我们的毛窝的样子；如长的竹烟袋儿，烟袋锅的脖子上挂着一双顶小的木鞋，的里瓜拉的；如手绢儿，一角上绒绣着岛上的女人，一架大风车在她们头上。

回来另是一条路，电车经过另一个小村子叫伊丹
（Edam）。这儿的干酪四远驰名，但那一座挨着一座跨
在一条小河上的高架吊桥更有味。望过去足有二三十
座，架子像城门圈一般；走上去便微微摇晃着。河直而
窄，两岸不多几层房屋，路上也少有人，所以仿佛只有
那一串儿的桥轻轻地在风里摆着。这时候真有些觉得是
回到中世纪去了。

听，语言的音韵多么美

每每学生写罢作文，我都会要求他们逐字逐句地诵读，感受是否通达顺畅，如有拗口之处，务必调整，这对培养语感是非常好的训练。鲁迅先生在《汉文学史纲要》中指出，汉语**"音美以感耳"**。我们既要在阅读中留心体味大师作品的音韵之美，也要在自己写作时注意表达上的抑扬顿挫，节奏变化。

　　在现当代散文大家中，余光中先生的文字是最具音韵美感的，尤其是他对大量叠字叠词的运用，可谓是他非常鲜明的写作特色。我们来品读《听听那冷雨》开篇这句："惊蛰一过，春寒加剧。先是料料峭峭，继而雨季开始，时而淋淋漓漓，时而淅淅沥沥，天潮潮地湿湿。"作者通过"料料峭峭""淋淋漓漓""淅淅沥沥""天潮潮地湿湿"这些叠词，写活了春雨的清冷和缠绵，既有雨之态，又有雨之声，而且读来平仄起伏，富于节奏，传达出特别的审美韵味。

　　你再读这句，更是精妙呢！"雨气空蒙而迷幻，细细嗅嗅，清清爽爽新新，有一点点儿薄荷的香味。""雨气空蒙而迷幻"诉诸视觉，"薄荷的香味"诉诸嗅觉，"细细嗅嗅，清清爽爽新新"，如果你诵读出声，会发现这些叠词的发音窸窣细碎，构成独特的听觉刺激。在这一个句子里，就给读者带来了多重感官的鲜活体验。

除了大量使用叠字叠词之外，余光中先生还会通过长短句结合的写作方式来给文章带来错落有致的音韵感。譬如这句："听听，那冷雨。看看，那冷雨。嗅嗅闻闻，那冷雨。舔舔吧，那冷雨。"这一句是写情的，用短句简洁干脆，颇具力度，让人感觉情绪饱满，对冷雨的爱炽烈热忱。再来读它紧接的下一句："雨在他的伞上这城市百万人的伞上雨衣上屋上天线上，雨下在基隆港在防波堤在海峡的船上，清明这季雨。"这一句是写景的，用长句一气呵成，层层堆叠，让人深感雨的弥漫延绵，铺天盖地。长短句结合，情景交融，画面感与音韵感兼具，真可谓是神来之笔！

像大师那样去写作，**花些心思来推敲文章的音韵美吧，让你的作文"悦耳"起来。**

——密斯於

听听那冷雨

———余光中

惊蛰一过，春寒加剧。先是料料峭峭，继而雨季开始，时而淋淋漓漓，时而淅淅沥沥，天潮潮地湿湿，即连在梦里，也似乎把伞撑着。而就凭一把伞，躲过一阵潇潇的冷雨，也躲不过整个雨季。连思想也都是潮润润的。每天回家，曲折穿过金门街到厦门街迷宫式的长巷短巷，雨里风里，走入霏霏令人更想入非非。想这样子的台北凄凄切切完全是黑白片的味道，想整个中国整部中国的历史无非是一张黑白片子，片头到片尾，一直是这样下着雨的。这种感觉，不知道是不是从安东尼奥尼那里来的。不过那一块土地是久违了，二十五年，四分之一的世纪，即使有雨，也隔着千山万山，千伞万伞。二十五年，一切都断了，只有气候，只有气象报告还牵连在一起。大寒流从那块土地上弥天卷来，这种酷冷吾与古大陆分担。不能扑进她怀里，被她的裙边扫一扫吧也算是安慰孺慕之情。

　　这样想时，严寒里竟有一点儿温暖的感觉了。这样想时，他希望这些狭长的巷子永远延伸下去，他的思路也可以延伸下去，不是金门街到厦门街，而是金门到厦门。他是厦门人，至少是广义的厦门人，二十年来，不住在厦门，住在厦门街，算是嘲弄吧，也算是安慰。不过说到广义，他同样也是广义的江南人，常州人，南京人，川娃儿，五陵少年。杏花春雨江南，那是他的少年时代了。再过半个月就是清明。安东尼奥尼的镜头摇过去，摇过去又摇过来。残山剩水犹如是。皇天后土犹如是。纭纭黔首纷纷黎民从北到南犹如是。那里面是中国吗？那里面当然还是中国永远是中国。只是杏花春雨已不再，牧童遥指已不再，剑门细雨渭城轻尘也都已再。然则他日思夜梦的那片土地，究竟在哪里呢？

在报纸的头条标题里吗？还是香港的谣言里？还是傅聪的黑键白键马思聪的跳弓拨弦？还是安东尼奥尼的镜底勒马洲的望中？还是呢，故宫博物院的壁头和玻璃橱内，京戏的锣鼓声中太白和东坡的韵里？

杏花。春雨。江南。六个方块字，或许那片土就在那里面。而无论赤县也好神州也好中国也好，变来变去，只要仓颉的灵感不灭美丽的中文不老，那形象，那磁石一般的向心力当必然长在。因为一个方块字是一个天地。太初有字，于是汉族的心灵他祖先的回忆和希望便有了寄托。譬如凭空写一个"雨"字，点点滴滴，滂滂沱沱，淅沥淅沥淅沥，一切云情雨意，就宛然其中了。视觉上的这种美感，岂是什么 rain 也好 pluie 也好所能满足？翻开一部《辞源》或《辞海》，金木水火土，各成世界，而一入"雨"部，古神州的天颜千变万化，便悉在望中，美丽的霜雪云霞，骇人的雷电霹雹，展露的无非是神的好脾气与坏脾气，气象台百读不厌门外汉百思不解的百科全书。

听听，那冷雨。看看，那冷雨。嗅嗅闻闻，那冷雨。舔舔吧，那冷雨。雨在他的伞上这城市百万人的伞上雨衣上屋上天线上，雨下在基隆港在防波堤在海峡的船上，清明这季雨。雨是女性，应该最富于感性。雨气空蒙而迷幻，细细嗅嗅，清清爽爽新新，有一点点儿薄荷的香味，浓的时候，竟发出草和树沐发后特有的淡淡土腥气，也许那竟是蚯蚓和蜗牛的腥气吧，毕竟是惊蛰了啊。也许地上的地下的生命也许古中国层层叠叠的记忆皆蠢蠢而蠕，也许是植物的潜意识和梦吧，那腥气。

第三次去美国，在高高的丹佛他山居了两年。美国的西部，多山多沙漠，千里干旱。天，蓝似盎格鲁－撒克逊人的眼睛；地，红如印第安人的肌肤；云，却是罕见的白鸟。落基山簇簇耀目的雪峰上，很少飘云牵雾。一来高，二来干，三来森林线以上，杉柏也止步，中国诗词里"荡胸生层云"，或是"商略黄昏雨"的意趣，是落基山上难睹的景象。落基山岭之胜，在石，在雪。那些奇岩怪石，相叠互倚，砌一场惊心动魄的雕塑展览，给太阳和千里的风看。那雪，白得虚虚幻幻，冷得清清醒醒，那股皑皑不绝一仰难尽的气势，压得人呼吸困难，心寒眸酸。不过要领略"白云回望合，青霭入看无"的境界，仍须回来中国。台湾湿度很高，最饶云气氤氲雨意迷离的情调。两度夜宿溪头，树香沁鼻，宵寒袭肘，枕着润碧湿翠苍苍交叠的山影和万籁都歇的岑寂，仙人一样睡去。山中一夜饱雨，次晨醒来，在旭日未升的原始幽静中，冲着隔夜的寒气，踏着满地的断柯折枝和仍在流泻的细股雨水，一径探入森林的秘密，曲曲弯弯，步上山去。溪头的山，树密雾浓，蓊郁的水汽从谷底冉冉升起，时稠时稀，蒸腾多姿，幻化无定，只能从雾破云开的空处，窥见乍现即隐的一峰半壑，要纵览全貌，几乎是不可能的。至少入山两次，只能在白茫茫里和溪头诸峰玩捉迷藏的游戏。回到台北，世人问起，除了笑而不答心自闲，故作神秘之外，实际的印象，也无非山在虚无之间罢了。云缭烟绕、山隐水迢的中国风景，由来予人宋画的韵味。那天下也许是赵家的天下，那山水却是米家的山水。而究竟，是米氏父子下笔像中国的山水,还是中国的山水上纸像宋画,恐怕是谁也说不清楚了吧?

雨不但可嗅,可观,更可以听。听听那冷雨。听雨,只要不是石破天惊的台风暴雨,在听觉上总是一种美感。大陆上的秋天,无论是疏雨滴梧桐,或是骤雨打荷叶,听去总有一点儿凄凉,凄清,凄楚,于今在岛上回味,则在凄楚之外,更笼上一层凄迷了。饶你多少豪情侠气,怕也禁不起三番五次的风吹雨打。一打少年听雨,红烛昏沉。两打中年听雨,客舟中,江阔云低。三打白头听雨在僧庐下,这便是亡宋之痛,一颗敏感心灵的一生:楼上,江上,庙里,用冷冷的雨珠子穿成。十年前,他曾在一场摧心折骨的鬼雨中迷失了自己。雨,该是一滴湿漓漓的灵魂,窗外在喊谁。

雨打在树上和瓦上,韵律都清脆可听。尤其是铿铿敲在屋瓦上,那古老的音乐,属于中国。王禹偁在黄冈,破如椽的大竹为屋瓦。据说住在竹楼上面,急雨声如瀑布,密雪声比碎玉,而无论鼓琴,咏诗,下棋,投壶,共鸣的效果都特别好。这样岂不像住在竹筒里面,任何细脆的声响,怕都会加倍夸大,反而令人耳朵过敏吧。

雨天的屋瓦，浮漾湿湿的流光，灰而温柔，迎光则微明，背光则幽暗，对于视觉，是一种低沉的安慰。至于雨敲在鳞鳞千瓣的瓦上，由远而近，轻轻重重轻轻，夹着一股股的细流沿瓦槽与屋檐潺潺泻下，各种敲击音与滑音密织成网，谁的千指百指在按摩耳轮。"下雨了。"温柔的灰美人来了，她冰冰的纤手在屋顶拂弄着无数的黑键啊灰键，把晌午一下子奏成了黄昏。

在古老的大陆上，千屋万户是如此。二十多年前，初来这岛上，日式的瓦屋亦是如此。先是天暗了下来，城市像罩在一块巨幅的毛玻璃里，阴影在户内延长复加深。然后凉凉的水意弥漫在空间，风自每一个角落里旋起，感觉得到，每一个屋顶上都呼吸沉重覆着灰云。雨来了，最轻的敲打乐敲打这城市，苍茫的屋顶，远远近近，一张张敲过去，古老的琴，那细细密密的节奏，单调里自有一种柔婉与亲切，滴滴点点滴滴，似幻似真，若孩时在摇篮里，一曲耳熟的童谣摇摇欲睡，母亲吟哦鼻音与喉音。或是在江南的泽国水乡，一大筐绿油油的桑叶被啃于千百头蚕，细细琐琐屑屑，口器与口器咀咀嚼嚼。雨来了，雨来的时候瓦这么说，一片瓦说千亿片瓦说，说轻轻地奏吧沉沉地弹，徐徐地叩吧嗒嗒地打，间间歇歇敲一个雨季，即兴演奏从惊蛰到清明，在零落的坟上冷冷奏挽歌，一片瓦吟千亿片瓦吟。

在日式的古屋里听雨，听四月，霏霏不绝的黄梅雨，朝夕不断，旬月绵延，湿黏黏的苔藓从石阶下一直侵到他舌底，心底。到七月，听台风台雨在古屋顶上一夜盲奏，千寻海底的热浪沸沸被狂风挟来，掀翻整个太平洋只为向他的矮屋檐重重压下，整个海在他的蜗壳上哗哗泻过。不然便是雷雨夜，白烟一般的纱帐里听羯鼓一通又一通，滔天的暴雨滂滂沛沛扑来，强劲的电琵琶忐忐忑忑忐忑忑，弹动屋瓦的惊悸腾腾欲掀起。不然便是斜斜的西北雨斜斜，刷在窗玻璃上，鞭在墙上，打在阔大的芭蕉叶上，一阵寒濑泻过，秋意便弥漫日式的庭院了。

在日式的古屋里听雨，春雨绵绵听到秋雨潇潇，从少年听到中年，听听那冷雨。雨是一种单调而耐听的音乐，是室内乐是室外乐，户内听听，户外听听，冷冷，那音乐。雨是一种回忆的音乐，听听那冷雨，回忆江南的雨下得满地是江湖，下在桥上和船上，也下在四川在秧田和蛙塘，下肥了嘉陵江，下湿布谷咕咕的啼声。雨是潮潮润润的音乐下在渴望的唇上舐舐那冷雨。

因为雨是最最原始的敲打乐从记忆的彼端敲起。瓦是最最低沉的乐器灰蒙蒙的温柔覆盖着听雨的人，瓦是音乐的雨伞撑起。但不久公寓的时代来临，台北你怎么一下子长高了，瓦的音乐竟成了绝响。千片万片的瓦翩翩，美丽的灰蝴蝶纷纷飞走，飞入历史的记忆。现在雨下下来下在水泥的屋顶和墙上，没有音韵的雨季。树也被砍光了，那月桂，那枫树，柳树和擎天的巨椰，雨来的时候不再有丛叶嘈嘈切切，闪动湿湿的绿光迎接。鸟声减了啾啾，蛙声沉了咯咯，秋天的虫吟也减了唧唧。七十年代的台北不需要这些，一个乐队接一个乐队便遣散尽了。要听鸡叫，只有去《诗经》的韵里寻找。现在只剩下一张黑白片，黑白的默片。

　　正如马车的时代去后，三轮车的时代也去了。曾经在雨夜，三轮车的油布篷挂起，送她回家的途中，篷里的世界小得多可爱，而且躲在警察的辖区以外。雨衣的口袋越大越好，盛得下他的一只手里握一只纤纤的手。台湾的雨季这么长，该有人发明一种宽宽的双人雨衣，一人分穿一只袖子，此外的部分就不必分得太苛。而无论工业如何发达，一时似乎还废不了雨伞。只要雨不倾盆，风不横吹，撑一把伞在雨中仍不失古典的韵味。任雨点儿敲在黑布伞或是透明的塑胶伞上，将骨柄一旋，雨珠向四方喷溅，伞缘便旋成了一圈飞檐。跟女友共一把雨伞，该是一种美丽的合作吧。最好是初恋，有点儿兴奋，更有点儿不好意思，若即若离之间，雨不妨下大一点儿。真正初恋，恐怕是兴奋得不需要伞的，手牵手在雨中狂奔而去，把年轻的长发和肌肤交给漫天的淋淋漓漓，然后向对方的唇上颊上尝凉凉甜甜的雨水。不过那要非常年轻且激情，同时，也只能发生在法国的新潮片里吧。

大多数的雨伞想必不会为约会张开。上班下班，上学放学，菜市来回的途中，现实的伞，灰色的星期三。握着雨伞，他听那冷雨打在伞上。索性更冷一些就好了，他想。索性把湿湿的灰雨冻成干干爽爽的白雨，六角形的结晶体在无风的空中回回旋旋地降下来，等须眉和肩头白尽时，伸手一拂就落了。二十五年，没有受故乡白雨的祝福，或许发上下一点儿白霜是一种变相的自我补偿吧。一位英雄，禁得起多少次雨季？他的额头是水成岩削成还是火成岩？他的心底究竟有多厚的苔藓？厦门街的雨巷走了二十年，与记忆等长，一座无瓦的公寓在巷底等他，一盏灯在楼上的雨窗子里，等他回去，向晚餐后的沉思冥想去整理青苔深深的记忆。前尘隔海。古屋不再。听听那冷雨。

江南的冬景

—— 郁达夫

凡在北国过过冬天的人，总都知道围炉煮茗，或吃涮羊肉，剥花生米，饮白干的滋味。而有地炉、暖炕等设备的人家，不管它门外面是雪深几尺，或风大若雷，而躲在屋里过活的两三个月的生活，却是一年之中最有劲的一段蛰居异境；老年人不必说，就是顶喜欢活动的小孩子们，总也是个个在怀恋的，因为当这中间，有的是萝卜、鸭儿梨等水果的闲食，还有大年夜，正月初一元宵等热闹的节气。

但在江南，可又不同；冬至过后，大江以南的树叶，也不至于脱尽。寒风——西北风——间或吹来，至多也不过冷了一日两日。到得灰云扫尽，落叶满街，晨霜白得像黑女脸上的脂粉似的清早，太阳一上屋檐，鸟雀便又在吱叫，泥地里便又放出水蒸气来，老翁小孩就又可以上门前的隙地里去坐着曝背谈天，营屋外的生涯了；这一种江南的冬景，岂不也可爱得很么？

我生长江南，儿时所受的江南冬日的印象，铭刻特深；虽则渐入中年，又爱上了晚秋，以为秋天正是读读书、写写字的人的最惠季节，但对于江南的冬景，总觉得是可以抵得过北方夏夜的一种特殊情调，说得摩登些，便是一种明朗的情调。

　　我也曾到过闽粤，在那里过冬天，和暖原极和暖，有时候到了阴历的年边，说不定还不得不拿出纱衫来着；走过野人的篱落，更还看得见许多杂七杂八的秋花！一番阵雨雷鸣过后，凉冷一点儿；至多也只好换上一件夹衣，在闽粤之间，皮袍棉袄是绝对用不着的；这一种极南的气候异状，并不是我所说的江南的冬景，只能叫它作南国的长春，是春或秋的延长。

　　江南的地质丰腴而润泽，所以含得住热气，养得住植物；因而长江一带，芦花可以到冬至而不败，红叶也有时候会保持得三个月以上的生命。像钱塘江两岸的乌桕树，则红叶落后，还有雪白的桕子着在枝头，一点一丛，用照相机照将出来，可以乱梅花之真。草色顶多成了赭色，根边总带点儿绿意，非但野火烧不尽，就是寒风也吹不倒的。若遇到风和日暖的午后，你一个人肯上冬郊去走走，则青天碧落之下，你不但感觉不到岁时的肃杀，并且还可以饱觉着一种莫名其妙的含蓄在那里的生气；"若是冬天来了，春天也总马上会来"的诗人的名句，只有在江南的山野里，最容易体会得出。

说起了寒郊的散步，实在是江南的冬日，所给予江南居住者的一种特异的恩惠；在北方的冰天雪地里生长的人，是终他的一生，也绝不会有享受这一种清福的机会的。我不知道德国的冬天，比起我们江浙来如何，但从许多作家的喜欢以 Spaziergang 一字来做他们的创作题目的一点看来，大约是德国南部地方，四季的变迁，总也和我们的江南差别不多。譬如说十九世纪的那位乡土诗人洛在格（Peter Rosegger，1843—1918）吧，他用这一个"散步"做题目的文章尤其写得多，而所写的情形，却又是大半可以拿到中国江浙的山区地方来适用的。

江南河港交流，且又地滨大海，湖沼特多，故空气里时含水分；到得冬天，不时也会下着微雨，而这微雨寒村里的冬霖景象，又是一种说不出的悠闲境界。你试想想，秋收过后，河流边三五家人家会聚在一道的一个小村子里，门对长桥，窗临远阜，这中间又多是树枝杈丫的杂木树林；在这一幅冬日农村的图上，再洒上一层细得同粉也似的白雨，加上一层淡得几不成墨的背景，你说还够不够悠闲？若再要点些景致进去，则门前可以泊一只乌篷小船，茅屋里可以添几个喧哗的酒客，天垂暮了，还可以加一味红黄，在茅屋窗中画上一圈暗示着灯光的月晕。人到了这一个境界，自然会得胸襟洒脱起来，终至于得失俱亡，死生不问了；我们总该还记得唐朝那位诗人做的"暮雨潇潇江上村"的一首绝句吧？诗人到此，连对绿林豪客都客气起来了，这不是江南冬景的迷人又是什么？

一提到雨，也就必然地要想到雪："晚来天欲雪，能饮一杯无？"自然是江南日暮的雪景。"寒沙梅影路，微雪酒香村"，则雪月梅的冬宵三友，会合在一道，在调戏酒姑娘了。"柴门闻犬吠，风雪夜归人"，是江南雪夜，更深人静后的景况。"前村深雪里，昨夜一枝开"，又到了第二天的早晨，和狗一样喜欢弄雪的村童来报告村景了。诗人的诗句，也许不尽是在江南所写，而做这几句诗的诗人，也许不尽是江南人，但假了这几句诗来描写江南的雪景，岂不直截了当，比我这一支愚劣的笔所写的散文更美丽得多？

有几年，在江南也许会没有雨没有雪地过一个冬，到了春间阴历的正月底或二月初再冷一冷下一点儿春雪的；去年（一九三四年）的冬天是如此，今年的冬天恐怕也不得不然，以节气推算起来，大约大冷的日子，将在一九三六年的二月尽头，最多也总不过是七八天的样子。像这样的冬天，乡下人叫作旱冬，对于麦的收成或者好些，但是人口却要受到损伤；旱得久了，白喉、流行性感冒等疾病自然容易上身，可是想恣意享受江南的冬景的人，在这一种冬天，倒只会感到快活一点儿，因为晴和的日子多了，上郊外去闲步逍遥的机会自然也多；日本人叫作Hiking，德国人叫作Spaziergang，狂者所最欢迎的也就是这样的冬天。

窗外的天气晴朗得像晚秋一样；晴空的高爽，日光的洋溢，引诱得你在房间里坐不住，空言不如实践，这一种无聊的杂文，我也不再想写下去了，还是拿起手杖，搁下纸笔，上湖上散散步吧！

江行的晨暮

——朱 湘

美在任何的地方，即使是古老的城外，一个轮船码头的上面。

等船，在划子上，在暮秋夜里九点钟的时候，有一点儿冷的风。天与江，都暗了；不过，仔细地看去，江水还浮着黄色。中间所横着的一条深黑，那是江的南岸。

在众星的点缀里，长庚星闪耀得像一盏较远的电灯。一条水银色的光带晃动在江水之上。看得见一盏红色的渔灯。

岸上的房屋是一排黑的轮廓。

一条趸船在四五丈以外的地点。模糊的电灯，平时令人不快的，在这时候，在这条趸船上，反而，不仅是悦目，简直是美了。在它的光围下面，聚集着一些人形的轮廓。不过，并听不见人声，像这条划子上这样。

忽然间，在前面江心里，有一些黝黯的帆船顺流而下，没有声音，像一些巨大的鸟。

一个商埠旁边的清晨。

太阳升上了有二十度；覆碗的月亮与地平线还有四十度的距离。几大片鳞云粘在浅碧的天空里；看来，云好像是在太阳的后面，并且远了不少。

山岭披着古铜色的衣，褶痕是大有画意的。

水汽腾上有两尺多高。有几只肥大的鸥鸟，它们，在阳光之内，暂时地闪白。

月亮是在左舷的这边。

水汽腾上有一尺多高；在这边，它是时隐时现的。在船影之内，它简直是看不见了。

颜色十分清润的，是远洲上的列树，水平线上的帆船。

江水由船边的黄到中心的铁青到岸边的银灰色。

有几只小轮在喷吐着煤烟；在烟囱的端际，它是黑色；在船影里，淡青，米色，苍白；在斜映着的阳光里，棕黄。

清晨时候的江行是色彩的。

山中避雨

—— 丰子恺

前天同了俩女孩到西湖山中游玩，天忽下雨。我们仓皇奔走，看见前方有一小庙，庙门口有三家村，其中一家是开小茶店而带卖香烛的。我们趋之如归。茶店虽小，茶也要一角钱一壶。但在这时候，即使两角钱一壶，我们也不嫌贵了。

茶越冲越淡，雨越落越大。最初因游山遇雨，觉得扫兴；这时候山中阻雨的一种寂寥而深沉的趣味牵引了我的感兴，反觉得比晴天游山趣味更好。所谓"山色空蒙雨亦奇"，我于此体会了这种境界的好处。然而两个女孩子不解这种趣味，她们坐在这小茶店里躲雨，只是怨天尤人，苦闷万状。我无法把我所体验的境界为她们说明，也不愿使她们"大人化"而体验我所感的趣味。

茶博士坐在门口拉胡琴。除雨声外，这是我们当时所闻的唯一的声音。拉的是《梅花三弄》，虽然声音摸得不大正确，拍子还拉得不错。这好像是因为顾客稀少，他坐在门口拉这曲胡琴来代替收音机作广告的。可惜他拉了一会儿就罢，使我们所闻的只是嘈杂而冗长的雨声。为了安慰两个女孩子，我就去向茶博士借胡琴。"你的胡琴借我弄弄好不好？"他很客气地把胡琴递给我。

我借了胡琴回茶店，两个女孩很欢喜。"你会拉的？你会拉的？"我就拉给她们看。手法虽生，音阶还摸得准。因为我小时候曾经请我家邻近的柴主人阿庆教过《梅花三弄》，又请对面弄内一个裁缝司务大汉教过胡琴上的工尺。阿庆的教法很特别，他只是拉《梅花三弄》给你听，却不教你工尺的曲谱。他拉得很熟，但他不知工尺。我对他的拉奏望洋兴叹，始终学他不来。后来知道大汉识字，就请教他。他把小工调、正工调的音阶位置写了一张纸给我，我的胡琴拉奏由此入门。现在所以能够摸出正确的音阶者，一半由于以前略有摸violin（小提琴）的经验，一半仍是根基于大汉的教授的。在山中小茶店里的雨窗下，我用胡琴从容地（因为快了要拉错）拉了种种西洋小曲。俩女孩和着了歌唱，好像是西湖上卖唱的，引得三家村里的人都来看。一个女孩唱着《渔光曲》，要我用胡琴去和她。我和着她拉，三家村里的青年们也齐唱起来，一时把这苦雨荒山闹得十分温暖。我曾经吃过七八年音乐教师饭，曾经用 piano（钢琴）伴奏过混声四部合唱，曾经弹过 Beethoven（贝多芬）的 sonata（奏鸣曲）。但是有生以来，没有尝过今日般的音乐的趣味。

两部空黄包车拉过，被我们雇定了。我付了茶钱，还了胡琴，辞别三家村的青年们，坐上车子。油布遮盖我面前，看不见雨景。我回味刚才的经验，觉得胡琴这种乐器很有意思。piano 笨重如棺材，violin 要数十百元一具，制造虽精，世间有几人能够享用呢？胡琴只要两三角钱一把，虽然音域没有 violin 之广，也尽够演奏寻常小曲。虽然音色不比 violin 优美，装配得法，其发音也还可听。这种乐器在我国民间很流行，剃头店里有之，裁缝店里有之，江北船上有之，三家村里有之。倘能多造几个简易而高尚的胡琴曲，使像《渔光曲》一般流行于民间，其艺术陶冶的效果，恐比学校的音乐课广大得多呢。我离去三家村时，村里的青年们都送我上车，表示惜别。我也觉得有些儿依依。（曾经搪塞他们说："下星期再来！"其实恐怕我此生不会再到这三家村里去吃茶且拉胡琴了。）若没有胡琴的因缘，三家村

里的青年对于我这路人有何惜别之情，而我又有何依依
于这些萍水相逢的人呢？古语云："乐以教和。"我做
了七八年音乐教师没有实证过这句话，不料这天在这荒
村中实证了。

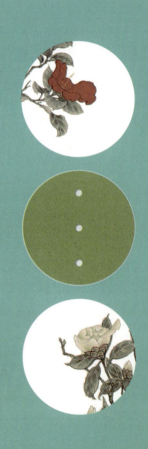

莱茵河

——朱自清

莱茵河（The Rhine）发源于瑞士阿尔卑斯山中，穿过德国东部，流入北海，长约二千五百里。分上中下三部分。从马恩斯（Mayence, Mains）到哥龙（Cologne）算是"中莱茵"；游莱茵河的都走这一段儿。天然风景并不异乎寻常地好；古迹可异乎寻常地多。尤其是马恩斯与考勃伦兹（Koblenz）之间，两岸山上布满了旧时的堡垒，高高下下的，错错落落的，斑斑驳驳的：有些已经残破，有些还完好无恙。这中间住过英雄，住过盗贼，或据险自豪，或纵横驰骤，也曾热闹过一番。现在却无精打采，任凭日晒风吹，一声儿不响。坐在轮船上两边看，那些古色古香各种各样的堡垒历历地从眼前过去；仿佛自己已经跳出了这个时代而在那些堡垒里过着无拘无束的日子。游这一段儿，火车却不如轮船，朝日不如残阳，晴天不如阴天，阴天不如月夜——月夜，再加上几点儿萤火，一闪一闪地在寻觅荒草里的幽灵似的。最好还得爬上山去，在堡垒内外徘徊徘徊。

这一带不但史迹多，传说也多。最凄艳的自然是脍炙人口的声闻岩头的仙女子。声闻岩在河东岸，高四百三十英尺，一大片暗淡的悬岩，嶙嶙峋峋的；河到岩南，向东拐个小湾，这里有顶大的回声，岩因此得名。相传往日岩头有个仙女美极，终日歌唱不绝。一个船夫傍晚行船，走过岩下。听见她的歌声，仰头一看，不觉忘其所以，连船带人都撞碎在岩上。后来又死了一位伯爵的儿子。这可闯下大祸来了。伯爵派兵遣将，给儿子报仇。他们打算捉住她，锁起来，从岩顶直摔下河里去。但是她不愿死在他们手里，她呼唤莱茵母亲来接她；河里果然白浪翻腾，她便跳到浪里。从此声闻岩下听不见歌声，看不见倩影，只剩晚霞在岩头明灭。德国大诗人海涅有诗咏此事；此事传播之广，这篇诗也有关系的。友人淦克超先生曾译第一章云：

传闻旧低回，我心何悒悒。
两峰隐夕阳，莱茵流不息。
峰际一美人，粲然金发明，
清歌时一曲，余音响入云。
凝听复凝望，舟子忘所向，
怪石耿中流，人与舟俱丧。

这座岩现在是已穿了隧道通火车了。

哥龙在莱茵河西岸，是莱茵区最大的城，在全德国数第三。从甲板上看教堂的钟楼与尖塔，这儿那儿都是的。虽然多么繁华一座商业城，却不大有俗尘扑到脸上。英国诗人柯勒律治说：

> 人知莱茵河，洗净哥龙市；
> 水仙你告我，今有何神力，
> 洗净莱茵水？

那些楼与塔镇压着尘土，不让飞扬起来，与莱茵河的洗刷是异曲同工的。哥龙的大教堂是哥龙的荣耀；单凭这个，哥龙便不死了。这是戈昔式，是世界上最宏大的戈昔式教堂之一。建筑在一二四八年，到一八八〇年才全部落成。欧洲教堂往往如此，大约总是钱不够之故。教堂门墙伟丽，尖拱和直棱，特意繁密，又雕了些小花，小动物，和《圣经》人物，零星点缀着；近前细看，其精工真令人惊叹。门墙上两尖塔，高五百十五英尺，直入云霄。戈昔式要的是高而灵巧，让灵魂容易上通于天。这也是月光里看好。淡蓝的天干干净净的，只有两条尖尖的影子映在上面；像是人天仅有的通路，又像是人类祈祷的一双胳膊。森严肃穆，不说一字，抵得

千言万语。教堂里非常宽大，顶高一百六十英尺。大石
柱一行行的，高的一百四十八英尺，低的也六十英尺，
都可合抱；在里面走，就像在大森林里，和世界隔绝。
尖塔可以上去，玲珑剔透，有凌云之势。塔下通回廊。
廊中向下看教堂里，觉得别人小得可怜，自己高得可
怪，真是颠倒梦想。

没有比脚更长的路

MEIYOU BI JIAO
GENG CHANG DE
LU

扫一扫，看课程